# 姉の身代わりで嫁いだ残りカス令嬢ですが、幸せすぎる腐敗生活を送ります

やきいもほくほく

JN229906

B's-LOG BUNKO
ビーズログ文庫

イラスト／鳥飼やすゆき

# CONTENTS

CHARACTERS
イザック・ガノングルフ
辺境を守る公爵。
腐敗魔法を使うことから恐れられており
人を避けて暮らしてきた。
兄の王に結婚を命じられるが……？
姉の身代わりで嫁いだ残りカス令嬢ですが、幸せすぎる腐敗生活を送ります
マグリット・ネファーシャル
子爵家の次女として生まれるが、
魔力を持たず《残りカス》と呼ばれ
使用人として育てられる。
前世持ちで、日本食を食べることが夢。

**マイケル**

シシーと共に
幼い頃から
イザックに仕える。

**シシー**

辺境で幼い頃から
イザックを世話する
使用人。

**ローガン・リダ**

魔法研究所の所長兼
リダ公爵家の若き当主。イザックを
恐れない唯一の友でもある。

**ネファーシャル子爵**

マグリットとアデルの父。
利己的な人間。

**ネファーシャル子爵夫人**

マグリットとアデルの母。
何よりも体裁を気にする。

**アデル・ネファーシャル**

マグリットの姉。
珍しい"防壁魔法"を使うこともあり
両親に甘やかされて育つ。

# 一章　残りカス令嬢と腐敗魔法

——ここはベルファイン王国

この国に住む貴族たちは、偉大《いだい》な魔導士《まどうし》ベルファインの血を引いており魔法《まほう》を使うことができる。

しかし、ネファーシャル子爵《ししゃく》家に生まれたマグリットは魔法の力に恵《めぐ》まれず、ずっと家族に虐《しいた》げられて育ってきた。

オレンジブラウンの髪《かみ》とヘーゼルの瞳《ひとみ》は家族の誰《だれ》にも似ておらず、それも疎《うと》まれる原因となる。

十六歳《さい》になった今も社交界デビューどころかお茶会にすら出席したことがない。

代わりに十八歳になる姉のアデルは両親に愛されて育つ。

明るくてよく笑い、彼女はマグリットにとっては眩《まぶ》しい存在だった。

アデルはハニーゴールドの髪と珍《めずら》しいバイオレットの瞳を持っている人形のように美しい令嬢《れいじょう》だ。

そしてアデルの魔法はベルファイン王国で初めての『防壁魔法《ぼうへきまほう》』という、それはそれは珍しいものだった。

自分の身を守るように防壁を張る。

小さい壁《かべ》しか張れずとも、幼い頃《ころ》からアデルは注目の的だ。

城から派遣《はけん》された魔法研究所の職員たちもアデルの機嫌《きげん》を損《そこ》ねないようにしていたため、彼女の振《ふ》る舞《ま》いはまるで王女のようだった。

両親も魔法の力が強いわけではなく、一般《いっぱん》的な水魔法と風魔法が使える程度。

そんな中、珍しい魔法の力を持ったアデルは二人の希望となった。

両親はアデルを『特別な子』『神様からの贈《おく》り物《もの》』として褒《ほ》め称《たた》えるのと同時に彼女を甘やかした。

実際にアデルの魔法の力がわかってからネファーシャル子爵家にはいいことばかり起こる。

ネファーシャル子爵領は雨が降りやすく、作物が育ちづらい土地で、年に何度も土砂災《どしゃ》害や洪水《こうずい》が起こっていた。

しかしアデルの防壁魔法のおかげかはわからないが、毎日のように空は晴《は》れ渡《わた》り十六年の間も、大きな災害は一度として起きなかった。夜のうちに適度に雨が降るため、水不足や干魃《かんばつ》に悩《なや》まされることもない。

特別な魔法属性を持つ子どもは何かと優遇《ゆうぐう》されることも多く、令嬢であれば王家に迎《むか》え入《い》れられることも少なくはない。

ベルファイン王家には二人の王子がいた。

アデルの美貌《びぼう》を含《ふく》めて王子に選ばれることも大いにあるだろうと両親は自慢《じまん》げに語った。

彼女はいるだけで太陽のようにその場が明るくなる。

しかし両親から過保護に育てられていたアデルは騙《だま》されやすく世間知らずな一面もあった。

一方、マグリットは『残りカス』と呼ばれていた。

両親はマグリットを自分たちの子どもとしてではなく使用人として育てていた。

魔力《まりょく》のないマグリットを自分たちの娘《むすめ》だと認めたくなかったのだろう。

姉妹《しまい》にもかかわらず、天国と地獄《じごく》のような扱《あつか》いを受けるマグリットを見て周囲はどう思うのか。

自分がマグリットの立場だったら、そう考えるだけでゾッとするだろう。

今日もマグリットは、誰よりも早く起きて屋敷《やしき》の床《ゆか》を拭《ふ》いていた。

畑から野菜を収穫《しゅうかく》して朝食を作るのもマグリットの仕事だ。

そうやってシェフや従者、庭師や侍女《じじょ》たちを雇《やと》う人数を減らして浮《う》いたお金でアデルを着飾《きかざ》らせる。王家に媚《こび》を売って、なんとか王子たちの婚約《こんやく》者に押し上げようとしていた。

そのためマグリットはそれらの代わりに朝から晩まで働き通しである。

身なりを気遣《きづか》う余裕《よゆう》もなく、髪は伸《の》びっぱなしで簡単にまとめているだけ。

掃除《そうじ》に洗濯《せんたく》、料理や買い出しといつも忙《せわ》しなく動いている。

掃除が終わり、街に買い物に出て昼ご飯や夕ご飯の材料を買っていた。マグリットは街の人たちの同情の視線を感じながら、カゴに卵やオマケをしてもらったパンの耳を入れた。

そして立派な屋敷へと走っていく。

アデルと違《ちが》い、マグリットはあまりものを食べて生活していた。

けれど、マグリットはこんなひどい環境下《かんきょうか》でも前向きだ。

こうして街の人たちは、マグリットの状況《じょうきょう》を理解して色々と優《やさ》しくしてくれる。

それがわかっていてマグリットも暗い顔を見せることなく、健気《けなげ》に振る舞っていた。

普通《ふつう》ならば自分の人生を悲観して、ひねくれたり涙《なみだ》を流して両親を恨《うら》んだりするだろう。

多感な時期にもかかわらず、何故《なぜ》こんなに冷静でいられるのか。

それはマグリットが、日本という国に住んでいた記憶《きおく》を持つ転生者だから。

日本では繁華《はんか》街の裏通りで、カウンター席しかない小さな定食屋を経営していた。

食べるとホッとする、どこか懐《なつ》かしい味がする……そう言ってもらえる料理を作り続けた。

両親を早くに亡《な》くして、田舎《いなか》で祖母と祖父と三人で暮らしていた。

二人の最期を見届けた後、住む場所を探すついでに一念発起《いちねんほっき》して店主として毎日料理を振る舞っていたのだ。

自分で言うのもなんだが、祖母に教えてもらった料理はどれも絶品だ。

（……ああ、日本食が食べたい）

出汁《だし》がじんわりと染《し》みたふんわりとした卵焼きが恋《こい》しい。

そんな気持ちで卵を見ていると、あっという間にネファーシャル子爵邸《てい》に着いてしまう。

（いけないっ！　早く昼食の準備と夕食の仕込みをしないと……！）

雇っていた料理人が急病の際に、マグリットに食事を作れと命令したネファーシャル子爵と夫人。

何よりアデルがマグリットの料理を気に入ったことがきっかけで、毎食作ることになった。

自分が食べたくて日本食に近いものを作るのだが、もちろんベルファイン王国にはないものばかりだ。

マグリットが料理をしたことがないのを彼らは知っていたので、オリジナルのレシピだと思われているようだ。なので気にせずに好きなものを作っている。

掃除も料理も買い物も、マグリットにとっては苦痛ではなかった。

アデルや両親がマグリットを馬鹿にしているため、皆《みな》には哀《あわ》れみの視線を向けられているが、マグリットはこの生活をそれなりに楽しんでいる。

そんな日常に大きな変化が起こるとは思わずにマグリットは広い厨房《ちゅうぼう》に向かった。

マグリットがいつもの昼食の時間にスフレオムレツとサラダと手作りのマヨネーズ、オリーブオイルと塩とパン、昨日から味付けしていた肉を焼いたものを、手のひらと腕《うで》に何皿も乗せ、慌《あわ》てて無駄《むだ》に広いダイニングへと持っていく。

「あれ……？」

いつもは偉《えら》そうにふんぞり返って座っている両親とアデルの姿はない。

マグリットはテーブルに料理を置いて首を傾《かし》げた。

（……珍しいこともあるものね。席についていないなんて。何かあったのかしら）

マグリットがそう思っていると突然《とつぜん》、夫人の悲痛な叫《さけ》び声《ごえ》がマグリットの耳に届く。

とりあえず時間通りに用意したように見せるために、皿を並べて壁際《かべぎわ》に立って待っていた。

慌てた様子で部屋に入ってきたネファーシャル子爵と夫人。

マグリットの姿を視界に入れた途端《とたん》、大きく目を見開いてこちらに掴《つか》みかかってくる。

ワンピースの襟元《えりもと》を乱暴に掴まれてグラグラと揺《ゆ》らされ、子爵たちは何かを必死に訴《うった》えている。

唾《つば》がペッペッと飛んでくるので、マグリットは表情を歪《ゆが》めて顔を背《そむ》けていた。どうやらアデルの話をしているらしい。

「――おいっ、答えろ！　アデルから何か聞いていないか⁉」

「え……？」

「いやよぉ、アデルッ！　まさかっ、そんなぁ……嘘《うそ》だと言ってぇ！」

やっと手が胸元《むなもと》から離《はな》れると、ネファーシャル子爵は頭を抱《かか》え、夫人は涙と鼻水で顔がぐちゃぐちゃになっている。

珍しく取り乱している二人を見ながら、マグリットは襟元を直すことすら忘れて呆然《ぼうぜん》としていた。

子爵は数少ない使用人を呼んで血走った目でアデルのことを聞いている。

影《かげ》を薄《うす》くしながら話を聞いていると、どうやらアデルが屋敷からいなくなったという。

「一体、どうすればいいんだ。すっかりアデルも納得《なっとく》したものだと思っていたのに、このままだとネファーシャル子爵家はどうなってしまうんだっ！」

「もう約束まで一週間しかないのよ⁉　やっぱりアデルは納得できなかったのね。どうしましょう……！」

焦《あせ》る二人がアデルではなくネファーシャル子爵家の心配をしていることをマグリットは疑問に思った。

二人はアデルをどんなことよりも優先してきたはずなのに、何かがおかしい。

どうやらアデルは一カ月前に嫁《とつ》ぐことが決まっていたらしく、マグリットは今そのことを初めて聞いたのだった。

アデル自身も嫁ぐことに納得したと言っているが、この状況からしてそうではなかったらしい。

「アデルは今どこにいるんだ。まさかあんな顔だけの男についていくなんて信じられない……っ！」

「あのベーイズリー男爵《だんしゃく》家の次男のせいよ！　あの貴族とも呼べない遊び人の男をやっと遠ざけたと思ったらこんなことになるなんて……ああ、アデル！」

「今から捜《さが》しに行けばまだ間に合うかもしれないぞ⁉」

「馬車の車輪の跡《あと》があったわ！　もう無理よっ、追いつけないわ」

泣《な》き崩《くず》れる夫人にかける言葉はない。

会話の内容から推測するに、どうやらアデルは朝食を食べた後すぐに裏口から逃《に》げ出《だ》してオーウェン・ベーイズリーと駆《か》け落《お》ちをしたようだ。

アデル付き侍女のレイにも『具合が悪いから昼食まで休む』と伝えていたらしい。

レイはアデルの言葉を信じて他の業務にあたっていたそうだ。

（これだけ使用人が少なければ誰にも見られることなく、簡単に屋敷を抜《ぬ》け出《だ》せそうよね）

マグリットを含め、使用人が三人しかいないネファーシャル子爵家。

表向きには豪勢《ごうせい》に振る舞っていても中身は空っぽだ。

アデルの駆け落ち相手であるオーウェンはベーイズリー男爵の次男。

ベーイズリー男爵領はネファーシャル子爵領の隣《となり》。

オーウェンとアデルは顔見知り程度だったはずだが、実は最近になりマグリットは何度も二人の逢瀬《おうせ》を目撃《もくげき》していた。

夜中にアデルが部屋の窓から身を乗り出し、そのアデルに愛を囁《ささや》いている青年を見たことがあった。それがオーウェンだったのだろう。

しかしマグリットは、それをネファーシャル子爵たちに報告するつもりもなかった。そんな義理も恩もない。

それに箱入《はこい》り娘で甘やかされてずっとチヤホヤされてきたアデルにとって、自分の知らない知識を持ち、自由に振る舞うオーウェンに惹《ひ》かれるのも無理はないと思っていた。

アデルを間近で見てきたマグリットだが、何一つ自分でしたことがない彼女がこれからどう生きていくのか気になるところだ。

特に美しさにこだわりを持っていた夫人は、怪我《けが》をするからという理由でアデルに刺《し》繍《しゅう》針すら触《ふ》れさせなかった。

子爵家は決して裕福《ゆうふく》ではない。それは屋敷の中を見れば明らかだ。

自分のことは少しならば自分でできる子爵たちだったがアデルだけは別。ずっと侍女のレイがつきっきりで世話をしており、お姫《ひめ》様のように育てられた。

アデルに結婚《けっこん》の話が来たのは驚《おどろ》きだったが、相手は王子ではないことは確かだろう。

(もし王子だったらお祭《まつ》り騒《さわ》ぎになっていたはずだもの。王族と結婚するのは諦《あきら》めたのかしら)

アデルの結婚相手は一体、誰なのか……ネファーシャル子爵たちの反応を見る限り、格上の令息であることには間違《まちが》いない。

あれだけ甘やかしてきたアデルを説得までしたとなると相当、重要な約束だったのではないだろうか。

と言っても、社交界に出ていないマグリットが結婚相手の名前を聞いたところでわかるはずもない。

マグリットは取り乱す二人を観察しながら壁の端《はし》で待機していた。


数十分経《た》っただろうか。

アデルはオーウェンに誘拐《ゆうかい》されたということにして捜索《そうさく》することにしたようだ。

だがアデルは自分から出て行っており、置き手紙は子爵の手に握《にぎ》られている。

そんな嘘をつけばベーイズリー男爵家に報復を受けそうな気もするが……と考えながら、朝早くから働き通しのマグリットは、うとうととしながら眠気《ねむけ》に抗《あらが》っていた。

ふと視線を感じて顔を上げると、何故かネファーシャル子爵たちに見つめられていることに気づく。

マグリットは後ろを振り向いてみるが当たり前ではあるが背後には壁しかない。

何か嫌《いや》な予感がしながらも、ゆっくりとネファーシャル子爵たちに視線を戻《もど》す。

「仕方ない、我々にはもうこの方法しかないんだ。とりあえずはネファーシャル子爵家の令嬢ならばいいだろう！」

「もしアデルが見つからなかったら……それしかないのね」

ネファーシャル子爵の言葉に頷《うなず》いた夫人を見て、マグリットは無意識に首を横に振る。

「──マグリットをアデルの代わりに嫁がせるぞ！」

マグリットはその言葉に大きく目を見開いた。

（わっ、わたしがアデルお姉様の代わりに嫁ぐですって⁉）


そしてマグリットが身代わりに嫁ぐことが決まってから、一週間が経とうとしていた。

アデルたちの捜索は行われたが、彼女が見つかることはなかった。

その間にベーイズリー男爵家にも説明を求めたが、我々は関与《かんよ》していない、責任はないと主張しているそうだ。

つまりベーイズリー男爵もアデルたちの行き先を知らない。

ネファーシャル子爵家から光が失われて、子爵たちの食欲はなくなり痩《や》せ細《ほそ》っていった。

一方、マグリットはガノングルフ辺境伯《へんきょうはく》へ嫁ぐ準備を行っていた。

ずっと働いてガサガサな指先に手入れのしていない肌《はだ》は貴族の令嬢とは程遠《ほどとお》い。

アデルを一目でも見たことがある令息ならば、すぐにバレてしまいそうではあるが意外にもそうはならないらしい。

侍女のレイの話によればアデルが嫁ぐのは王弟……つまり国王の弟だ。

両親の悲願だったアデルを王族に嫁がせることができる。

それだけ聞けば、何故アデルがここまで抵抗《ていこう》する必要があるのかと問いかけたいくらいだ。

年は二十八歳。アデルは十八歳なので貴族社会では珍しくない年齢差《ねんれい》だろう。

彼は早々に王位継承《けいしょう》権を放棄《ほうき》して辺境の地へと赴《おもむ》いた。

今ではガノングルフ辺境伯の地位を賜《たまわ》ったものの、社交界には滅多《めった》に顔を出さない変わり者だそうだ。

ガノングルフ辺境伯領は海や隣国《りんごく》に面しているのだが、船でも森を抜けた陸路でもベルファイン王国に立ち入ることはできない。

彼が辺境の地に住み始めてから鉄壁《てっぺき》の守りを誇《ほこ》っているからだ。

と言うのもガノングルフ辺境伯が使うこの国で唯一《ゆいいつ》の魔法が畏怖《いふ》の対象らしい。

それが〝腐敗《ふはい》魔法〟だ。すべてを腐らせてしまう恐《おそ》ろしい魔法だそうだ。

何もかも腐らせてしまい骨すら残らない。

他の国からもガノングルフの名は恐れられているらしいが、そんな事情など魔法をまったく使えないマグリットが知るはずもない。

(そんなすごい魔法があるなんて。全然知らなかったわ……)

だがネファーシャル子爵家にとっては、またとないチャンスと言えた。

両親はアデルの気持ちよりも、子爵家の名誉《めいよ》を選んだようだ。

そして腐敗魔法を操《あやつ》る、恐ろしい辺境伯の下へ嫁ぐことは今まで甘やかされてきたアデルには耐《た》えられなかったということだろう。

レイがマグリットの絡《から》まった髪になんとかクシを通そうとしながら口を開く。

「どうやらアデルお嬢様《じょうさま》の防壁魔法がガノングルフ辺境伯と相性《あいしょう》がいいと国王陛下は考えたみたいよ」

「相性がいい？　腐敗させる魔法と防壁魔法が？」

「何もかもを腐敗させてしまうというガノングルフ辺境伯は、アデルお嬢様の魔法があれば、万が一のことも防げると考えたんじゃない？」

「ああ、防壁魔法で身を守れるってことね」

「それに二人に子ができれば珍しい魔法を引《ひ》き継《つ》ぐこともできる……少し考えればわかることよ。アンタは相変わらず何も知らないのね」

レイは苛立《いらだ》ちを滲《にじ》ませた声でマグリットに話している。

「チッ……なんで私がこんなことをしなくちゃいけないのよ」

マグリットの絡まってゴワゴワになった髪をレイは舌打ちしながらとかしている。

アデルの魔法は珍しくはあるが決して大きな力ではない。

国全体や周囲に影響《えいきょう》を及《およ》ぼすものではなく、自分の身を守れる程度の防壁を張れるだけだ。

最近ではそれを薄く膜《まく》のように伸ばせるようになったらしいがそれだけ。

だが腐敗魔法を防ぐことには使えると、国王は考えたのだろう。

「旦那《だんな》様の話によればガノングルフ辺境伯を恐れて令嬢たちは誰も近づかないと言っていたわ……！　触れただけで腕が腐り落ちるなんて噂《うわさ》もあるからね。そんな噂を聞けばアデルお嬢様だって怖《こわ》がるに決まってる。だからアンタは捨《す》て駒《ごま》なのよ。わかる？」

「へぇ、そうなの」

「チッ……精々、気に入られて殺されないように気をつけることね」

そんなレイの話を聞いても実感がないからかまったく恐怖《きょうふ》は湧《わ》いてこない。

ネファーシャル子爵家以外の貴族と会ったことがないマグリットは、ほとんど魔法を目にしたことがない。

（つまり色々と腐らせることができるのよね？　ガノングルフ辺境伯は一体どんな方なのかしら）

そんな時、タイミングよくマグリットのお腹《なか》が鳴った。

マグリットはお腹が空くのと同時に、いつも日本食の味を思い出す。

（腐敗魔法……腐敗、腐敗って、つまりは？）

マグリットが腐敗魔法について考えているとレイの顔はどんどん険しくなっていき、泣きそうになっている。

「アデルお嬢様、どうして私を裏切ったのですか……！　あんな男についていっても幸せになれるはずがないと何度も言ったのに。もう少しでこんな生活から抜け出せると思ったのになんでよっ、クソッ」

心の声が漏《も》れ出《で》ている侍女のレイとは屋敷で働く同僚《どうりょう》のようなものだったが、ご覧の通り向上心が強く計算高い性格をしている。

いつもマグリットのことを見下していて、このように世話をすることも彼女にとっては屈辱《くつじょく》なのだろう。

レイは没落《ぼつらく》した男爵家の令嬢で、少しなら魔法も使える。

まったく魔法を使えないマグリットを下に見るのも無理はない。

それにレイにはずっと馬鹿にされていたのに今更《いまさら》、お嬢様扱《あつか》いされても困ってしまう。

いつの間にかマグリットのオレンジブラウンの髪は整えられてオイルでサラサラになっていた。

日焼けした肌やガサガサの指先は一週間でどうにもならないが、何だかんだレイも優しいところがあると思ってしまう。

少しでもマシになるようにとクリームを塗り込みながらレイの話に耳を傾《かたむ》ける。

「私はアンタについていくつもりはないからね！」

「別に構わないけど、あなたはこれからどうするの？」

「新しい就職先を探すに決まってんでしょう？　アデルお嬢様に人生賭《か》けていたのに、もううんざり。どんなところだってここよりマシよ。こんなところさっさと出て行ってやる……！」

彼女はネファーシャル子爵たち同様にアデルを妹のように可愛《かわい》がっていたしアデルに期待していた。

アデルの侍女として嫁ぎ先についていけば自分の地位が保証されるからだろう。

それにここの労働環境はお世辞にもいいとは言えない。

レイはアデルがいなくなったことでネファーシャル子爵家から出て行くつもりのようだ。

どうやらアデルが勝手な行動を取ったことでネファーシャル子爵家には波乱が起きそうだ。

マグリットは慣れないコルセットに内臓が飛び出してしまいそうになっていた。侍女もいないため自分で脱げるセパレートタイプのドレスを着用しているのだが、あまりの動きづらさに吐《は》き気《け》を覚える。

これでニコニコ笑ってパーティーに出たり、食事をしたりするなんてマグリットには考えられなかった。

(苦しい……やっぱり貴族の令嬢になんてなりたくないわ)

マグリットはネファーシャル子爵たちに呼ばれてため息を吐《つ》きながら馬車に向かった。

ネファーシャル子爵たちとこんな風に関わり会話をしたのはこの一週間が初めてかもしれない。

「どうか粗相《そそう》だけはしないでちょうだい。お前はただ黙《だま》って笑っているだけでいいの！」

「お前が魔力なしの役立たずで、アデルではないとバレてしまえば我々の立場が……！

それだけは隠《かく》し通《とお》せ。もしくは腐敗魔法で死んだことにしろ！」

動揺《どうよう》している二人は、焦りながら、とにかくうまくやれと繰《く》り返《かえ》し言っている。

とても家族とは思えない発言だが、前世の記憶があるおかげで精神状態は良好だ。

マグリットは、この二人を両親だと思ったことはない。

今でも記憶の中にある祖母と祖父が育ての親である。

しかしこの子爵邸で十六年間、タダ働きではあったがお世話になったのは事実だ。

もう一度言おう。今までタダ働きしていた。

マグリットは言いたくないと抵抗する唇《くちびる》をなんとか動かしながら二人にお礼を言うために頭を下げた。

「今までありがとうございました。お世話になりました。さようなら」

せめて挨拶《あいさつ》だけはせねばと言葉を絞《しぼ》り出《だ》したマグリットに、両親が放った言葉は予想もしないものだった。

「そうだ！　今まで世話をしてやった恩を返す時だぞ！　よく覚えておけっ」

「ガノングルフ辺境伯にアデルではないとバレたら、全部魔法を使えない自分が悪いと言いなさい！　いいわね⁉」

「………………」

言い返したところで無駄なことを知っているのでマグリットは黙っていた。

マグリットはモヤモヤした気持ちのまま迎えに来た馬車に乗り込んだ。

扉《とびら》は閉まっても苛立ちは消えず、高速の貧乏揺《びんぼうゆ》すりが止まらない。窓から見える空は憎《にく》らしいくらいに晴れ渡っていた。

マグリットだってある程度の知識はあるし、いつでもネファーシャル子爵家から逃げ出して平民になることだってできた。

何故、使用人として他の屋敷に雇ってもらうことをしなかったのか。

それはマグリットの親権を持つネファーシャル子爵の許可がなければいけなかったのと、食材の研究に忙《いそが》しかったからだ。

好きな材料を買って、料理方法を試《ため》す。

日本食に近い味を探しながら調味料を造る実験をしていた。

ネファーシャル子爵たちに強請《ねだ》ったレシピ本と大量のノートは今ではぎっしりと文字が書き込まれている。

賃金はもらっていないが、食材の仕入れをマグリットが行っていたので自由だった。

唯一、キッチンの権限はすべてマグリットが握れていた。それだけでマグリットがここにいる理由としては十分だった。

その代わりマグリットがいなくなり、ネファーシャル子爵家は困り果てることだろう。

今まではかなり節約しながら料理を作っていた。

すぐに料理人を雇わなければならないし、あの様子ではレイも屋敷から出て行ってしまうに違いない。

そうなれば状況的には最悪だろう。お金もないのに屋敷の掃除や洗濯、料理を誰がやるというのか。

（きっと、悲惨《ひさん》な状況に泣きたくなるでしょうね）

マグリットは子爵たちの言う通り、大人しく嫁ぐつもりは微塵《みじん》もなかった。

それにガノングルフ辺境伯が腐敗魔法を使えると聞いて、あることを思いつく。

マグリットは自分の夢を叶《かな》えるためにガノングルフ辺境伯に会ってみたいと思っていた。

噂通り恐ろしい人なのかもしれないが、それは実際に会ってみなければわからない。可能性に賭けてみる価値はあるはずだ。

王弟ならば大層豪華《ごうか》な屋敷に住んでいるに違いない。

ガノングルフ辺境伯に嫁入《よめい》りするのに金もドレスも必要ないと言われていたらしく、貴族のルールに疎いマグリットはそんなものかと思っていた。

実際はガノングルフ辺境伯が結婚にまったく前向きではないということも知らずに、マグリットが持ってきたのは数冊のノート、レシピ本と愛用の料理道具、多少の服だけ。

なんせガノングルフ辺境伯領までは遠い道のりとなる。

マグリットは三日かけて辺境の地へと向かうのだ。

とにかくコルセットが辛《つら》く苦しいため持ってきたナイフですぐにきつく縛《しば》ってある紐《ひも》を切ってしまう。

休憩《きゅうけい》を挟《はさ》みつつ仲良くなった御者《ぎょしゃ》と三日間の旅を楽しんだ。

旅路は順調で風が暖かくて気持ちいい。

御者が「天気が崩れると思ったのですが、運がよかったですね」と言った。

マグリットが空を見上げると雲一つない青空が広がっている。

御者はガノングルフ辺境伯に雇われているわけではなく、王家から手配された人のようだ。次第《しだい》に潮の匂《にお》いがしてマグリットは興奮していた。

(海の匂いがするわ。やっと、やっと生魚が手に入るのね!)

王都は内陸部にあり、保存もできないため生魚は売っていない。

出回ったとしても干したカピカピな魚で、塩《しお》っ辛《から》くて食べられたものではなかった。

新鮮《しんせん》な魚で焼き魚や刺身《さしみ》を食べたいと思うのは、日本人としての記憶があるからだろう。

ガノングルフ辺境伯領は海の近くということでマグリットは期待していた。

馬車が到着《とうちゃく》して硬《かた》くなった体を伸ばす。仲良くなった御者に大きく手を振りながら別れた。

(本当にここがガノングルフ辺境伯邸《てい》……?)

そこには古びた屋敷があり、柱や窓枠《まどわく》、扉も錆《さ》びていて窓も汚《よご》れている。

周りを蔦《つた》で覆《おお》われており、人が住んでいるのかすら怪しく思える。

(なんだか想像したのとは違って……まるで、お化け屋敷みたいね)

マグリットは大きな荷物を持ちながら足を進めた。

大きな扉の前に立ち、控《ひか》えめに戸を叩《たた》く。

すると扉が開き、目の前に現れた人物を見上げた。

「……余計なことを」

目元を覆うオリーブベージュの髪と口元には無精髭《ぶしょうひげ》。

チラリと見えたエメラルドグリーンの瞳からは敵意を感じる。

どうやらまったく歓迎《かんげい》されていないようだ。

ただならぬ圧力を感じていたが挨拶は大切だと思い、マグリットは男性に軽く頭を下げて口を開く。

「はじめまして、マグリットと申します」

「…………マグリット？」

「はい。マグリットです」

マグリットは早々に自分の名前を明かす。

「ここに嫁いでくるのはアデル・ネファーシャルだと聞いていたが……」

「はい。一週間ほど前に姉のアデルは……とある事情で嫁げなくなりましたので、その代わりに妹のわたしが参りました」

「…………」

マグリットは怯《ひる》んでいる場合ではないと、男性の目があるであろう場所をじっと見ながら答えた。

ここでどんな反応を返されるのか気になるところだ。

マグリットがゴクリと唾を飲み込むと、男性はスッと視線を逸《そ》らした。

暫《しばら》く無言の状態が続いたが男性から屋敷の中に入るように促《うなが》されて足を進めた。

（怖そうだけど、いい人なのかしら？）

シンプルなテーブルと椅子《いす》があるダイニングに通されて、マグリットは椅子に座る。

広々としているが貴族の屋敷にはとても思えない。

男性は「待っていてくれ」と言い、どこかに行ってしまう。

窓は草に覆われていて、外は晴れ渡っているのに中は薄暗《うすぐら》くて不気味に感じた。

外の景色を眺《なが》めていると、コトリという音が聞こえてテーブルに視線を戻す。目の前にはカップが置かれている。どうやら珈琲《コーヒー》を淹《い》れてきてくれたようだ。

「いただきます」

マグリットはそう言ってからカップに口をつけた。

口に広がる複雑で深みがあり重厚《じゅうこう》な苦味と鼻を抜けるスモーキーな香り。

こだわりを感じさせるのは気のせいだろうか。

男性は自分の分も用意して、マグリットの斜《なな》め前の離れた場所に腰掛《こしか》ける。

マグリットはまだ目の前の男性の名前すら知らない。

沈黙《ちんもく》の中、このままだと何も解決しないとマグリットは口を開く。

「あの、お名前は？」

「…………イザックだ」

イザックは表情を変えないままそう言った。低い声は威圧《いあつ》感がある。

真っ白なシャツにダークブラウンのパンツ、ボサボサのオリーブベージュの髪は身なりからして使用人だろうか。

マグリットは辺りをぐるりと見回してから、もう一つ気になっていたことを再び問いかける。

「イザックさん、ガノングルフ辺境伯はどこにいるのでしょうか」

「…………！」

「挨拶だけでもと思ったのですが……」

イザックの前髪《まえがみ》の隙間《すきま》から見えた宝石のようなエメラルドグリーンの瞳が大きく見開かれている。

イザックの反応を見てマグリットの頭にあることが過《よぎ》る。

(もしかして触れてはいけない話題だったのかしら……ガノングルフ辺境伯は屋敷で働く人たちからも恐れられているとか？)

するとイザックは人差し指で頬《ほお》をかいて、気まずそうにした。

「それは……その」

「イザックさん、言えないのなら大丈夫《だいじょうぶ》です。気にしないでください！」

「え……？」

無理をさせてガノングルフ辺境伯のことを聞き出してはいけないと思い、マグリットはニコリと笑う。

イザックはガノングルフ辺境伯のことを悪く言いたくないのだろうと勝手に解釈《かいしゃく》したため「大丈夫ですから」ともう一度言ってから力強く頷いた。

するとイザックの強張《こわば》っていた表情が少しだけ和《やわ》らいだような気がした。

（やっぱりガノングルフ辺境伯の話をしたくなかったのね）

「珈琲のおかわりは？」とイザックに問われたマグリットは素直《すなお》に頷いた。

部屋に立ち込めるいい香り、コポコポとお湯が沸《わ》く音がここまで届く。

イザックがテーブルに再びカップを置いた。マグリットがお礼を言うと上から声が掛かる。

「…………怖くないのか？」

「怖いって、何がですか？」

「ガノングルフ辺境伯は腐敗魔法を使うと聞いてここに来たのだろう？　それなのに平然としているように見えるが」

イザックはマグリットが怯《おび》えていないことを不思議に思っているようだ。

しかし王弟であるガノングルフ辺境伯が、いきなり魔法を使ってマグリットを腐敗させるとは思っていない。

噂と自分で見るのとでは全然違うことを定食屋を営んでいる時に知った。見た目や噂だけで判断するのは早計である。

「確かにここに来る前に噂は聞きました。ですがわたしはガノングルフ辺境伯にどうしてもお会いしてみたいんです」

「…………何故？」

「是非《ぜひ》、ガノングルフ辺境伯に聞いてみたいことがあるんです！」

マグリットはキラキラと目を輝《かがや》かせて両手で頬を押さえた。よだれが垂れないようにするためだ。

マグリットは馬車の中で腐敗魔法について深く考えていた。

腐敗魔法が使えるということは念願だった〝アレ〟ができるのではないか。

「腐敗魔法についてか？　興味があると言う奴《やつ》もいるが……皆が魔法の力に恐怖して離れていく」

そう言ったイザックは悲しげに瞼《まぶた》を伏《ふ》せてしまう。

「そんなことありません！　それにガノングルフ辺境伯に気に入られるためにわたしはここに来たのですから」

「変な奴だな……」

口角を上げて笑ったイザックは、マグリットの視線を感じると咳払《せきばら》いをして誤魔化《ごまか》してしまう。

「ガノングルフ辺境伯はそんなに恐ろしい人なのですか？　わたしは今まで社交界に出たことがないので詳《くわ》しく知らなくて」

「……なに？　社交界に出たことがないだと？　ネファーシャル子爵家の令嬢ではないのか」

「確かに子爵家の令嬢ですが、わたしは魔法が使えないのでずっと使用人として働いてきました」

「魔法が使えない？　それは本当か……？」

イザックは眉《まゆ》を顰《ひそ》めて顎《あご》に手を当てながら首を傾げた。

そのまま彼の顔がマグリットの間近まで迫《せま》る。

「いや……この不思議な感じは間違いないはずだ」

イザックにまじまじと見られて、マグリットは慌ててカップを置いて体を引いた。

「あ、あの……イザックさん、顔が近いような」

「……っ、すまない」

イザックは勢いよくマグリットから距離《きょり》を取った。

なんだかあまり人と関わることに慣れてなさそうだと思いつつも、気まずさから珈琲を口に含みながらイザックに寂《さび》れた屋敷の理由について聞いてみた。

この屋敷にはガノングルフ辺境伯を恐れているからか、使用人はいないらしい。

侍女や執事《しつじ》は高齢《こうれい》のため引退してもらい、アデルが嫁いでくるということで新たに派遣された侍女や侍従《じじゅう》もいたのだが皆、やはりガノングルフ辺境伯への恐怖からか帰ってしまったようだ。

それからはイザック一人で色々としているそうで、屋敷の手入れが行き届いていない理由もわかった。

（つまり今はイザックさんだけで屋敷を管理しているのね。食事はどうしているのかしら？）

マグリットが何を食べているか問いかけるとイザックは「適当に……」と視線を逸らしながら答えた。

歯切れの悪い返事を聞いて、あまり料理はしていないのだと悟《さと》る。

そしてガノングルフ辺境伯は今は出かけていて、いつ帰ってくるかわからないとイザックは言った。

（イザックさん、何か隠しているような……）

まだここに来たばかりのため、わからないことだらけだ。話題を変えるように今度はこの土地の名産などは何かとイザックに聞いてみた。

イザックは不思議そうにしながらも立ち上がると窓を開けた。

潮風と海の匂い、生温かい風がマグリットの頬を撫《な》でる。

ガノングルフ辺境伯領はマグリットの思った通り、海《うみ》の幸《さち》が豊かな土地で市場では新鮮な魚が毎朝、並ぶそうだ。

野菜や穀物も王都では見かけない食材がたくさんあると聞きマグリットは胸を躍《おど》らせる。

「早くここから出て行った方がいい。もし行く場所がないというのなら働き口を紹介《しょうかい》しよう」

「え……？」

「今まで肩身《かたみ》の狭《せま》い思いをしてきたのだろう？　復讐《ふくしゅう》は諦めて別の場所で新しい人生を

歩んだらどうだ？」

マグリットは言葉を返そうと口を開くが途中《とちゅう》で遮《さえぎ》られてしまう。

「それに結婚など無理だ。このまま一人でいい……と、彼は言っていた」

イザックの言葉を聞いているとガノングルフ辺境伯はアデルとの結婚を望んでおらず、このまま自分一人で辺境伯の世話をすると言いたいのだとわかる。

だが、マグリットはガノングルフ辺境伯に嫁ぐというよりは、働きに来たという認識《にんしき》の方が強い。

（なら、互《たが》いにちょうどいいんじゃないかしら。ガノングルフ辺境伯には使用人として雇ってもらえばいいのよ！）

イザックは一人でいいと言っているが、この状況を見て満足のいく生活を送れているとは思えない。

ここに少しでも長く留まって、本懐《ほんかい》を遂《と》げるためにやることはただ一つである。

「イザックさん、わたしをここで働かせてくださいませんか⁉」

「……働く？」

「はい！　わたし料理も洗濯も掃除も得意です。きっと役に立つと思います！　ガノングルフ辺境伯がお戻りになるまで、わたしがんばって屋敷をピカピカにしますからっ」

マグリットは勢いよくイザックの両手を掴んでから彼を見上げた。

イザックは大きく肩《かた》を揺らしたあと後退《あとずさ》りをしていく。

そうして彼の背は壁に押し付けられるようにドンと、音を立てた。

しかしマグリットは興奮しており手を握ったまま、さらに体を寄せる。

せっかくネファーシャル子爵家から解放されてここまで来ることができたのだ。

頭の中では、どんなレシピがいいのか生で食べられる魚はあるのか……そればかりが思い浮かぶ。

「今すぐに手を離してくれ……！」

「どうでしょうか？　使用人として雇ってください。なんでもやりますっ！」

「わ、わかった！　わかったから手を離してくれ」

「やった……！　嬉《うれ》しいです。ありがとうございます、イザックさん」

イザックは自分の手のひらを見つめながら固まっているように見える。

その理由もわからずにマグリットは喜んでいたが、許可はイザックではなくガノングルフ辺境伯に取らなければならないと冷静になった頭で気がついた。

「ガノングルフ辺境伯にどうやって許可を取ればいいでしょうか？」

「………………。俺がいいと言えば大丈夫だ」

「イザックさんは信頼《しんらい》されているのですね。では今日から住み込みで働かせていただきます！　よろしくお願いします」

マグリットは満面の笑《え》みを浮かべてから再びイザックの手を掴んでブンブンと振った。

今後の生活がかかっているので、遠慮《えんりょ》などしていられない。

イザックは相変わらず困ったように顔を伏せて人差し指で頬をかいている。

そんな彼をよそにマグリットは新しい生活にワクワクと胸を高鳴らせていた。

開いた窓からは眩しいくらいの太陽の光と波の音が耳に届く。

早速《さっそく》ではあるが、イザックに屋敷の中を案内してもらった。

「……狭いがこの部屋を使ってくれ」

イザックにそう言われてマグリットは目を丸くする。

ネファーシャル子爵家で与《あた》えられた部屋よりも何倍も広い部屋だったのだ。

(こんな広くて素敵な部屋、わたしが使ってもいいのかしら……！)

カーテンは閉め切られており真っ暗だ。窓を開いて空気の入《い》れ替《か》えを行った。

手早く布団《ふとん》をまとめて、天日干しする前にこの窮屈《きゅうくつ》なドレスを着替《きが》えたいと言ってイザックに部屋から出て行ってもらう。

マグリットは持ってきていた動きやすいワンピースに袖《そで》を通す。

エプロンをつけてから、洗濯のためにシーツを持って外に出る。

「イザックさんの部屋のシーツや溜《た》まった洗濯物があれば持ってきてください！　こんなにいい天気なんですから。今日は洗濯日和《びより》ですよ」

頷いたイザックはマグリットが隠れてしまうほどの洗濯物を持ってきた。

やはり洗濯や料理はまったくできていないようだ。

マグリットは井戸から水を汲《く》んできて、石鹸《せっけん》と洗濯板で洗濯物を一つ一つ手洗いしていく。

イザックには水を運ぶのを手伝ってもらった。

彼は初めは戸惑《とまど》っていたものの、黙々《もくもく》と井戸とマグリットがいる場所を往復する。

そうして錆びた物干し竿《ざお》を綺麗にしてからシーツを干していく。

マグリットは大量の洗濯物と闘って、いい汗《あせ》をかいたと額を拭《ぬぐ》う。

水分補給をしてから、昼食を作ろうかとイザックに厨房への案内を頼《たの》むが、何故か浮かない表情で視線を逸らしてしまう。

「イザックさん、どうしたのですか？　キッチンに案内をお願いします」

「………………わかった」

マグリットの圧に屈《くっ》したのか、渋々《しぶしぶ》キッチンへと案内してくれる。

するとプーンと嫌な音と生ゴミの臭いが届く。

キッチンには積み上がった汚れた皿があり、ゴミも仕分けされておらず、小さな虫がたくさん飛んでいた。

「こ、これは……！」

「……すまない」

あまりの惨状《さんじょう》にマグリットは驚いてしまう。

イザックの申し訳なさそうな声を聞きながら、気持ちを切り替える。

（このままでは、昼食は作れないわね……）

マグリットはすぐに腕まくりをしてイザックの方を見る。

「大丈夫ですよ！　汚れたら綺麗にすればいいんですから。また手伝ってくれますか？」

「ああ……」

まずはイザックと共にゴミを仕分けして袋《ふくろ》に詰《つ》める。

次に井戸から水を運んで、カップや皿を洗っていく。

料理した形跡《けいせき》はほとんどなく、野菜の皮やかろうじて何かを焼いたであろう焦《こ》げたフライパンが転がっていた。

（本当に料理人や侍女はいないのね……）

マグリットは一通りキッチンを綺麗にした後に、食糧庫《しょくりょうこ》を覗《のぞ》くが空っぽで何一つ入っていなかった。

「イザックさん、買い物に行きたいのですが街まで案内していただけますか？　まだ道もわからなくて……それにお腹が空きましたよね？」

「…………まぁ」

イザックの歯切れの悪い返事を聞きながらも、そばにあった焦茶色《こげちゃ》のカゴを掴む。だが買い物をするにはお金が必要だ。

まるでイザックに催促《さいそく》しているように思われたかもしれないとハッとする。

（も、もしかして図々《ずうずう》しいと思われたかもしれないわ。ズカズカと屋敷に入り込んで居座《いすわ》って、お腹が空いたからって買い物に行こうだなんて……）

改めて自分の行動を思い返してみると、非常識だったのではないだろうか。

マグリットが反省して、イザックになんて謝ろうかと考えていた時だった。

イザックが背を向けてどこかに行ってしまう。

折角、働き口が見つかったのにクビになってしまうかもしれない。

諦めたくないマグリットがいい言い訳がないか考えを巡《めぐ》らせていると……。

「お金ならあるが、買い物にはどのくらい持っていけばいい？」

イザックが持ってきたのは麻袋《あさぶくろ》に入っているお金だった。

それも四袋も持っている。

イザックはそれをマグリットの両手のひらに一袋、乗せた。

だが、あまりの重さに手のひらがガクンと下がる。

まさかと思いイザックから受け取った麻袋をテーブルに置いて確認《かくにん》してみると、中にぎっしりと詰まっていたのは金貨だった。

ネファーシャル子爵家に住んでいた時だって、触れたことはないし、こんな量の金貨も見たことがない。

「あ、あの……これ」

マグリットは麻袋を指でさしながら問いかける。まともに働いて得る賃金の量を超《こ》えている。

というよりは、この金貨の量は異常ではないだろうか。

怯えた表情を見てイザックは首を傾げていたが、マグリットが何を言いたいのかがわかったのか説明するために口を開いた。

「いくらでも使っていい」

イザックの言葉にそういうことではないと首を横に振る。

「この家のことは、すべて俺が決めている。だから大丈夫だ」

その言葉を聞いて、麻袋に入っていた大型の銀貨を一枚手に取りイザックに見せる。

「でしたら大型銀貨を一枚、持っていきましょう！」

「一枚だけか？」

「はい、買い物にはこれで十分ですから」

むしろこれ以上持っていったら、盗賊《とうぞく》に狙《ねら》われるか人攫《ひとさら》いにあいそうである。

何故か不満そうに麻袋を見つめるイザックに背を向けて、マグリットは出かける準備をした。

なんだかよくわからない状況が続いているが、マグリットはポジティブだった。

(屋敷を管理しているイザックさんが言うならいいか！)

市場に行って買い物をするのに興奮していた。

食材を入れるためのカゴを持ちながらイザックの手を握り外へと向かう。

「そうと決まれば、早く行きましょう！」

「……っ」

マグリットと繋《つな》いだ手をイザックが驚きながら見つめているとも知らずに、勢いよく扉から外に出る。

蔦が絡んで傷んでいる屋敷が気になるところだが、今は市場を見ることが最優先だ。

イザックに案内してもらわなければ道がわからない。

「イザックさん、街はどちらの道から行けますか？」

「……手を」

「あっ、申し訳ありません。つい興奮してしまって……！」

握っていた手を離すとイザックは視線を逸らしてしまう。

食材のことになると周りが見えなくなるのは昔からだ。反省しつつも、カゴを持ち直す。

イザックは背を丸めながらマグリットの前を歩いていく。

（……なんだか不思議な人）

イザックについて歩いていくが、何故か左右に首を振りながら辺りを見回している。

馬車で通った時は街までそんなに遠くなかったはずだ。それに先ほどから同じような場所をウロウロしている。

（もしかして、イザックさんは街に行ったことがない？　……そんなわけないわよね）

ぽそりと「確かこっちだったような」と声が聞こえたような気がした。

見兼《みか》ねたマグリットが声を掛ける。

「あの……イザックさん、あっちの方に行ってみませんか？」

マグリットがそう言って馬車から見た景色を頼《たよ》りに歩いていくといい匂いが鼻を掠《かす》める。

「いい匂いがする」

「そうですね！　きっと街も近いですよ」

匂いを頼りに歩いていくと街並みが見えてくる。

建物が道に沿って並んでいてネファーシャル子爵領の街よりもずっと栄えているように見えた。人が多く活気が溢《あふ》れているようだ。

「……すごい！」

マグリットがそう言うと隣にいるイザックも、目を輝かせているではないか。

不思議そうに彼を見ているとイザックは咳払いしつつ、視線を逸らしてしまった。

気まずい空気をかき消すようにマグリットは歩き出す。

「イザックさんもあまり街には来ないのですか？」

「ああ、まぁ……あまり」

「そうだったんですね」

歯切れの悪い返事を聞いてこれ以上、何も言えなくなってしまう。

今日、イザックと会ったばかりだからかうまく会話が続かない。

それにマグリットが質問ばかりしていては、イザックも大変だろうと思い口をつぐむ。

（一人でどうやって食材を仕入れていたのかしら？）

イザックの纏《まと》う不思議な雰囲気《ふんいき》と、辻褄《つじつま》の合わない言葉と行動に翻弄《ほんろう》されっぱなしである。

　気を取り直して買い物を続けていくが、イザックは興味深そうに辺りを見回していて何も知らないように見えた。

　マグリットは店の人たちと会話しながら、食材を買《か》い揃《そろ》えていく。

　たくさん動いたせいか、お腹がグルグルと周りに聞こえるほどに鳴る。それはイザックも同じようだ。

　先ほどから美味しそうな匂いが色々な露店《ろてん》から漂《ただよ》っていた。

　少し図々しいかとも思ったがマグリットはある提案をする。

「イザックさん、たくさん動いてお腹もペコペコですし露店で食べ物を買ってみませんか？」

「……露店で？」

「はい！　イザックさんが許可してくれるなら……ですけど」

　マグリットが期待を込《こ》めた目でイザックを見ると、彼は困ったように視線を泳がせながらも頷いてくれた。

「お金は足りるのか？　大型銀貨を一枚しか持っていなかっただろう？」

　マグリットは驚きつつもイザックを見たが、冗談《じょうだん》を言っている様子もなく、むしろ本当に心配しているようだった。

　この国のお金は金貨、銀貨、銅貨とわかれているが、大小と大きさに違いがある。

日本円にすると大型金貨は約十万円で小型金貨は三万円ほどの価値があり、大型銀貨は一万円ほどで小型銀貨は約三千円。大型銅貨は約千円で小型銅貨は約三百円。

その下は安価な銅貨で赤、黄色、茶色の色分けが行われている。

そう考えるとあの麻袋いっぱいの大型の金貨たちはいくら分あったのだろうか。

露店の魚や肉の串焼《くしや》き、ソーセージを挟んだパンは、小型銅貨でお釣《つ》りが来る。

大型銀貨が一枚あれば露店で食べ物や食材を買ったとしてもあまるくらいだ。

マグリットは慣れた様子で露店の店主と会話して、魚の串焼きを二本買った。

その他にもソーセージにトマトソースがかかっているホットドッグを二個購入《こうにゅう》してから買った軽食を食べられそうな場所を見つけてイザックを呼ぶ。

二人で空いたベンチに並んで腰掛《こしか》けてからイザックに魚の串焼きを渡す。

マグリットは魚の串焼きを空に掲《かか》げて感激していた。

焼かれている魚と皮についた塩がキラキラと輝いて見える。

十六年間、待ち望んだ味に口内では唾液《だえき》が溢れ出ていた。

「いただきます……！」

焼き魚のいい香りを久しぶりに感じた。マグリットは魚の背の部分にかぶりつく。

少し焦げている皮に歯が当たるパリッとした音が聞こえた。

柔《やわ》らかいホロホロとした白い身が口の中でとろけていく。

味は淡白《たんぱく》ではあるが脂《あぶら》も乗っている。

ほんのりと感じる塩味に思わず「ん～！」と唸《うな》ってしまった。

片手で頬を押さえながら、焼き魚を堪能《たんのう》していた。

すると横から感じる視線。イザックは手元にある焼き魚とマグリットの口元を凝視《ぎょうし》している。

何故イザックが魚を食べないのだろうと疑問に思い問いかける。

「もしかしてイザックさんは魚が嫌《きら》いですか？」

「いや……どう食べたらいいかわからない」

マグリットはあまり街に来たことがないイザックのことだから、露店でも買い物をしたことがないのだろうと思った。

自分が手に持っている焼き魚を指さしながら説明していく。

「骨がありますから気をつけて食べてくださいね」

「ああ、わかった」

イザックはゴクリと喉《のど》を鳴らした後に焼き魚を口にする。

そんな姿も何故かマグリットよりもずっと上品に見えるのが不思議だった。

咀嚼《そしゃく》しているのか唇が動いている。

「どうですか？」

「…………うまい」

「え……？」

小さく何かを呟《つぶや》いたイザックの声が聞こえずにマグリットは問いかける。イザックから返ってきたのは信じられない言葉だった。

「こんなに美味しいものが、ガノングルフ辺境伯領にあったなんて信じられない」

「……？」

マグリットはイザックの言葉の意味を考えながら、再び焼き魚を口に運ぶ。

（露店で食べたことがない、という意味よね？　イザックさんはわたしより年上のようだけど知らないことが多いみたいね……）

活気ある街を見ながら焼き魚を食べていると、カサカサと紙の擦《す》れる音がする。

視線を送ればイザックは綺麗に焼き魚を食べきり、ベンチに置いてあったホットドッグを手に持って、マグリットに期待のこもった視線を向けているではないか。

「マグリット、このパンはどうやって食べればいい？　フォークとナイフはあるのだろうか？」

マグリットと名前も呼ばれたことにもびっくりしたが、ホットドッグを食器を使って食べようとしているイザックに、二重の意味で驚きを隠せない。

イザックは興奮しているのか、わずかに頬が赤らんでいた。

「このパンはフォークやナイフを使わずに食べられるようになっていますので、そのまま食べて大丈夫ですよ」

「皿もないとなると……まさかこのまま先ほどの魚のように食べるのか？」

「はい、その通りです」

マグリットの言葉を確認したイザックは恐る恐るホットドッグを口に運ぶ。

パリッとソーセージが弾《はじ》けるいい音が聞こえた。

エメラルドグリーンの瞳を大きく見開いたイザックの手は、微《かす》かに震《ふる》えているように見える。

次々に口に吸い込まれていくホットドッグに呆然としていると、あっという間になくなってしまった。

イザックの口の周りには、ソースがベッタリとついている。

放心状態で「うまい……」と言いながら感動しているイザックの子どものような姿を見てマグリットは思わず笑みを浮かべた。

ポケットからハンカチを取り出して、イザックの口の周りを拭う。

「……っ⁉」

「ふふっ、口の周りにソースがたくさんついていますよ？」

「すまない……」

するとイザックの顔が拭ったソースのように真っ赤になっていく。

それを見て、マグリットは手を引くタイミングを失ってしまう。

二人で見つめ合ったまま暫く経ち、マグリットはハッとしたように視線を逸らす。

そしてホットドッグを手に取り、ゆっくりと口に運んだ。

マグリットが食べ終わるまで、イザックは嬉しそうに街の様子を黙って見ていた。

イザックと目が合うと彼は「皆、幸せそうだ」と言った。マグリットにも皆が幸せそうに見えた。

食べ終わってゴミを片付けたマグリットは、イザックを連れて食材を買って回るために立ち上がる。

気になった店を回り、見たことのない食材を見つけては調理法を聞いた。

いつの間にかカゴは食材で溢れ返っている。

重たくなったカゴを見て買いすぎてしまったかもしれないと、反省していた。

するとイザックは「俺がカゴを持つ」と声を掛けてくれたので、素直に甘えることにした。

そのままどのくらいの時間が経ったのだろうか。

イザックは何を言うでもなく、マグリットの後ろをついてきてくれた。

しかしかなりの時が経っていることに気づいてハッとする。

「大変……洗濯物を取り込まないと！　これとこれを二つずつください」

「おもしろい嬢ちゃんだな。まいど！」

「また来ます。早く行きましょう」

「ああ」

マグリットはイザックを連れて早足で屋敷へと戻る。

「すいません、ついつい長居してしまいました」

「いや、構わない。勉強になった」

「勉強……？」

マグリットはイザックの言葉に首を傾げた。彼の視線はカゴいっぱいの食材へ。

「それよりもこんなに買ってどうするのだ？」

「もちろん今日から数日分の食事を作るために使います」

「君はなんでもできるんだな」

「はい！　掃除、洗濯、料理となんでも任せてください！」

毎日、ネファーシャル子爵家で朝から晩まで働いていたのだ。

イザックの食の好みを聞きながら、屋敷へと到着する。

波の音がザーザーと耳に届き、いつの間にか太陽がオレンジ色に染まっていた。

マグリットはキッチンに食材を置いて、すぐに洗濯物を取り込む。

イザックが手伝ってくれたおかげであっという間に終わりそうだ。

「太陽の匂いがしますね！」

「……いい匂いだな。マグリットと同じ匂いがする」

「ふふっ、ずっと外にいたからかもしれませんね！」

イザックと共にシーツを運んで、手早く自室のベッドメイクをしていく。

彼は「何かすることはあるか？」とマグリットに問いかける。

マグリットはイザックの部屋に案内してほしいと頼んだ。

広い屋敷の中には、人の気配はなく静まり返っている。

イザックの部屋はベッドとテーブルと椅子があるだけで他に何もない。

ここに洗濯物《しお》が山のように積み上がっていたと思うと驚きだ。

シーツを敷き終わると、イザックは真っ白なシーツに触れてから、その場所を見つめている。

わずかに口角が上がっているのを見ると、喜んでくれているのではないかと思った。

部屋の片付けや廊下《ろうか》の掃除をしていると、すっかり日が落ちてしまう。

こんな時、火の魔法を使えたら便利なのにと思いながらマグリットはマッチを手に蝋燭《ろうそく》に火を灯《とも》していく。

ぼんやりと部屋に浮かぶ光を見ていると、暗闇《くらやみ》からイザックが現れて思わず悲鳴をあげてしまった。

イザックだと気づいてホッと胸を撫で下ろすが、彼はショックを受けているようだ。

マグリットが必死に謝っているとイザックは「そんなに怖いだろうか?」と落ち込んでいる。

猫背《ねこぜ》気味ではあるが背が高く、顔が前髪で見えないのが原因ではないかと素直に話してみる。

「不快に思ったのなら申し訳ありません！」

「いや……確かに、髪や髭《ひげ》が邪魔《じゃま》だなと思っていた」

会ったばかりなのに言い過ぎたかと反省したマグリットが頭を下げると、イザックは納得するように頷いた。

マグリットはキッチンに移動して今日買った食材をカゴから取り出していく。

残った食材は地下の食糧庫に保管するために運ぶ。

広い地下の空洞《くうどう》に感動する。

厨房に戻り、興味深そうにこちらを見ているイザックにマグリットはある頼み事をしてみた。

「イザックさん、今から夕食を作るのですが今日買った野菜の皮剝《かわむ》きを頼めますか？」

「……俺に？」

「もしやりたくないようであれば大丈夫です。すみません、今日来たばかりのくせに偉そうに頼み事ばかりしてしまって」

マグリットが反省しているのを見て、イザックは首を横に振る。

「違う。俺が食材に触れてもいいのかと聞きたかった」

「はい、もちろんですけど」

「………………そうか」

何度目かのいまいち嚙《か》み合《あ》わない会話。イザックの表情はわかりづらかったが、なんだか悲しそうに見えた。

　マグリットは遠慮することなく、イザックに野菜の皮剝きを任せることにした。

　何故ならばお腹が空いていたので早く夕食が食べたかったのだ。

　一度、手本を見せるとイザックは器用にナイフで皮を削《そ》ぎ落《お》としていく。

「マグリット、見てくれ。俺にも皮剝きができたぞ……！」

「とても上手ですね、イザックさん」

　イザックはマグリットの言葉を聞いて、嬉しそうにしている。

　子どものような一面を見て、無表情ではあるが不思議な反応をするイザックと料理する時間を楽しんでいた。

　イザックは無口で反応がわかりづらくはあるが、嫌がることなく、マグリットの指示通りに動いてくれる。

　厨房には調理器具も一通り揃っていたようだったが、マグリットはネファーシャル子爵邸から持ち込んだお気に入りの調理器具を取り出した。

　火を起こして手際《てぎわ》よく調理していくのを、イザックが興味深そうに見つめている。

　大鍋《おおなべ》で野菜を煮込《にこ》んでトマトソースや塩で味付けをしていく。

　買ってきたパンに野菜、チーズにハムを挟んで卵と手作りのソースを加えたサンドイッチを作りながらも、マグリットの頭には日本食の映像が浮かんでいた。

（おにぎり、お味噌汁《みそしる》……お刺身に煮物に酢《す》の物《もの》も食べたい！）

二人分の料理を作って皿に並べていく。

（思ったより早くできたわ！　当然よね、ネファーシャル子爵たち用に手間をかける必要もないし、他の使用人たち用に作る必要もないんだもの）

スープは明日、味を変えてアレンジする予定だ。小麦粉で作ったピザ生地《きじ》にオイルやトマトソースをかけ、チーズや野菜をのせて焼くのはどうだろうか。

明日のメニューを想像するだけで心が躍る。

そんなことを考えながらイザックと椅子に腰掛けてサンドイッチを口にする。続いて煮込んだ野菜をスプーンですくう。

新鮮な食材を使い、ゆっくりと食事をとれる幸せを噛《か》み締《し》めていた。

ネファーシャル子爵たちのことを気遣うこともない。

偏食《へんしょく》し放題のアデルのために別のメニューを作る必要もないし、味の文句を言われることもない。

ネファーシャル子爵家からやっと解放されたことで、いつもよりも食事が美味しく感じさえする。

未《いま》だにガノングルフ辺境伯の状況はわからないが、彼から信頼されているイザックに雇ってもらえたのはありがたい。

それにまた以前と同じように、厨房で料理をさせてもらえるのも本当に幸運だった。

「イザックさんのお口に合いますでしょうか？」

「食べたことがない味だが、とても美味しい」

「よかったです。おかわりしますか？」

「いいのか？」

イザックから差し出された皿を受け取る。味も気に入ってもらえたようで何よりだ。

「イザックさんが皮を剝いてくれた野菜もたくさん入ってますからね」

「そうだな……ありがとう」

「はい！」

なんだかこの一日でイザックとの距離が縮まったような気がして、嬉しくて笑みがこぼれる。

その晩、イザックが淹れてくれた珈琲を飲みながらマグリットは他愛のない話をしていた。

初めはガノングルフ辺境伯について聞こうとしたが、うまく話を逸らされてしまい次第にマグリットが育ってきた環境について話は進む。

マグリットの話をイザックは真剣《しんけん》に聞いてくれたのだが、長旅や家事の疲《つか》れから眠気が襲《おそ》い、目を擦るとイザックが声を掛けてくれた。

「もう休んだ方がいい」

「はい……そうさせていただきます」

「今日はありがとう」

「こちらこそ、ありがとうございました。イザックさん、明日からもよろしくお願いします！」

イザックに一礼すると彼は小さく首を縦に動かした。

その表情は最初の時と比べて温かく感じた。

蝋燭を手に取り、マグリットは足を進める。昼よりも波の音がよく聞こえた。

月明かりに照らされて夜だというのに部屋の中も明るい。

部屋の中に入り、あまりにも順調に物事が進んだことが嬉しくなりマグリットはベッドに飛び込んだ。

（本当だ。太陽の匂いがする……）

ネファーシャル子爵家から与えられていた部屋はカビ臭《くさ》い屋根裏部屋だった。

ここは広くて綺麗で太陽の匂いがするシーツで眠《ねむ》れる。外からは微かに波の音が聞こえた。

鼻に抜ける珈琲の香《こう》ばしい匂いが残っていた。

（イザックさん、とてもいい人だったな）

マグリットは目を閉じて幸せを感じながら眠りについた。

次の日からイザックと屋敷の大掃除が始まった。

マグリットはほこりだらけの屋敷を箒《ほうき》ではいた後に雑巾《ぞうきん》で磨《みが》きあげていく。

休憩の合間にガノングルフ辺境伯はいつ帰ってくる予定なのかを問いかけてもイザックはわからないと答えた。

(忙しいのかしら……それとも噂通り、怖い方だから聞けないのかしら?)

マグリットは屋敷の権限を握っているイザックが何も知らないことを不思議に思った。

「早くお会いしてお話ししてみたいです」

「話したところで嫌だと思うに決まっている」

「そうでしょうか?」

「ああ、皆そう言って去っていくんだ」

まるでガノングルフ辺境伯の話を自分のことのように語るイザック。

マグリットは何度目かの違和感《いわかん》を持ったが、ガノングルフ辺境伯にも事情があるのだと思い、深く掘《ほ》り下《さ》げて聞くことはなかった。

(皆に恐れられる腐敗魔法の使い手……一体どんな方なんだろう。やはり気難しい方なのかしら)

けれど折角、自分の夢を叶えるチャンスが目の前にあるのに簡単に諦めたくはない。

ガノングルフ辺境伯と会うのが待ち遠しいとさえ思っていた。

そんな気持ちを抑《おさ》えながらマグリットは毎日を過ごす。

一週間、また一週間と時間が過ぎていく。

三日に一度はイザックと共に街に行って露店で食べ物を買い昼食をとっていた。

マグリットはここでの生活に慣れてきて、そろそろ早朝の市場に行って新鮮な魚を仕入れようと気合いも十分だ。

いつものように野菜を売っている店主と奥さんと世間話をしていた時だった。

「そういえば、マグリットちゃんはどこで暮らしているんだい？」

「買い物に来る時以外、姿を見ないから不思議だって皆で話していたんだ」

「わたしですか？　わたしはガノングルフ辺境伯の下でお世話になっています」

マグリットがそう言うとまるで時が止まったかのように周囲から音が消えた。

マグリットに視線が集まり、明らかに硬くなった雰囲気と街の人たちの険しい表情に戸惑うばかりだ。

「どうか……したのですか？」

「見ない顔だと思ったら、そういうことだったのか！」

「ガノングルフ辺境伯にはもう会ったのかい⁉」

「いいえ。今は出かけているそうで、まだお会いしていませんけど……」

「そうか！　なら、マグリットちゃんに話しておきたいことがあるんだ」

「どうしても伝えたいことがあるの！　それは……っ」

店の奥さんがそう言った瞬間《しゅんかん》、背後から腕を思いきり引かれてマグリットの足がもつれてしまう。

イザックに支えられたことで倒《たお》れずには済んだものの、状況が把握《はあく》できずに彼を見上げた。

マグリットは驚く暇《ひま》もなく、さらにイザックに腕を強く引かれて歩き出す。

咄嗟《とっさ》に買い物カゴを摑んで、大声で「ありがとうございました！　またゆっくり～」と挨拶をして必死に足を動かしていた。

「ちょっ……イザックさん、急にどうしたんですか？」

いつもと様子が違うイザックは来た道をぐんぐんと進んでいく。

屋敷までもう少しというところで、やっとイザックの足が止まった。

マグリットは肩を揺らしながら呼吸を整える。

「はぁ……っ、はぁ……イザックさん、何かあったんですか？」

イザックはマグリットの方に向き直った。

長い前髪で表情は見えないが、わずかに唇を噛んでいて、なんだか苦しんでいるように見える。

「マグリット……すまない。君に話さなければならないことがあるんだ」

「イザックさん？」

「実は俺は……！」

イザックが何を言うのかマグリットが言葉を待っていた時だった。

「──イザック様、イザック様っ！　どこにいるのですか⁉」

「王弟であるイザック様に何かあったら我々はっ！」

遠くからイザックを捜す男女の声が聞こえた。

（王弟であるイザック様……？　それって一体どういうこと？）

マグリットが呆然としていると、イザックは焦ったように唇を開いたり閉じたりを繰り返す。

その間にもどんどんとこちらに声が近づいてきた。

「イザック、さん……？」

「マグリット、聞いてくれ！　俺は……っ」

「──イザック様、ここにいらしたのですか⁉」

「ああ、よかった！」

イザックの言葉は遮られてしまう。

彼が何を言いかけたのかわからないまま、年老いた男女がイザックを見てホッと息を吐き出したのが見えた。

白髪《しらが》の女性は嬉しそうに涙を浮かべているではないか。

「シシー、マイケル……どうしてここに？　王都に帰ったはずではないのか？」

「新しい使用人が皆、帰ってきていたと国王陛下に聞いて驚きましたわ！　私たちには安心して引退してくれと言って、一カ月どうやって生活されていたのですか！」

「本当に心配で……っ！　ご無事でよかったです」

「わかったから落ち着いてくれ」

二人はイザックのことを心から心配しているようだ。

と同時に女性はシシー、男性はマイケルという名前のようだということがわかった。

「イザック様……これは一体どういうことですか？　こちらのお嬢さんは？」

「こちらはネファーシャル子爵家から……」

「ネファーシャル子爵家⁉　まさか一カ月前に嫁いでこられたアデル様でしょうか」

「聞いていた噂とはだいぶ違うようですが」

イザックの言葉を遮ったシシーとマイケルが、マグリットを見て怪訝《けげん》そうな視線を送っている。

今、マグリットは動きやすいようにとワンピースにエプロンをつけていた。

街娘には見えても貴族の令嬢には絶対に見えない。

それに社交界の華《はな》として名を馳《は》せるアデルとは違う、地味な髪色や瞳の色。

マグリットはシシーとマイケルに自分がここに来た経緯《けいい》を説明しようと口を開く。

「わたしはアデルではありません」

「な、なんですと⁉　アデル様ではないのですか？　坊《ぼっ》ちゃん……まさか」

「シシー、変に勘繰《かんぐ》るのはやめてくれ。それとマグリットの前で坊ちゃんはやめてくれ」

「あら、つい……ごめんなさいね」

シシーは口元を押さえて困ったように笑った。

「とにかく今はマグリットが色々と働いてくれている」

「イザック様、どのような経緯でそうなったのかきちんと説明してください！」

シシーとマイケルは不思議そうな視線を送っていた。

イザックは「どこから説明すればいいか……」と、頬をかいている。

マグリットはというと、あることで頭がいっぱいだった。

イザックが王弟。つまりマグリットはガノングルフ辺境伯と共に過ごしていたことになる。

彼に今すぐに問わなければいけないことがあると、震える唇を再度開いた。

「イザックさん、いいえ……イザック様。あなたが〝ガノングルフ辺境伯〟だったのですか？」

イザックは申し訳なさそうに眉を寄せている。

「イザック様は……どうしてわたしに嘘をついていたのですか？」

「嘘をついてすまないと思っている。だが、俺は……っ」

イザックの言葉は最後まで紡《つむ》がれることはなかった。

立《た》ち尽《つ》くすマグリットに手を伸ばすが、マグリットに触れる前に止めてしまう。

一方、マグリットの脳内にはこの一カ月の間、イザックと過ごした日々が走馬灯のように流れていく。

知らなかったとはいえ買い物や洗濯、掃除も手伝わせて野菜の皮剝きもさせた。すべて使用人や侍女たちがやる仕事なのに王弟でありガノングルフの領主でもあるイザックに、だ。

マグリットはここに来てからイザックを使用人と思い、親しい友人のように接していた。

毒見もなく食事をさせたり、家事をさせたり、護衛もつけずに街中を歩かせたりしてしまった……国王の耳に届いたら間違いなくマグリットの命はなさそうだ。

不思議なのはそのことをわかった上でイザックが、マグリットの好きにさせていたということだ。

(まさかイザックさんがガノングルフ辺境伯、本人だとは思ってなかったけど……でもイザックさんがガノングルフ辺境伯だということは腐敗魔法が使えるのよね？　わたしがずっとずっと待ち望んでいた腐敗魔法が目の前にあるのよ……っ！)

むしろ仲が深まったことで頼みやすくなったのではないだろうか。

マグリットはずっとガノングルフ辺境伯に頼みたいことがあった。

大きく息を吸い、マグリットはイザックの手を力強く摑む。

「ずっとイザック様に言いたかったことがあるんです。その腐敗魔法について……！」

「ああ、わかっている。マグリットには申し訳ないことをしたと思っている。いくら謝罪しても足りないくらいだ」

「──是非、その魔法の力をわたしの夢のために貸してくださいっ！」

「は………？」

「ジュル……おっと、よだれが」

マグリットは握っていたイザックの手を離してハンカチをポケットから出して口の端から溢れたよだれを拭う。

イザックたちはマグリットの言葉の意味がわからないのか唖然《あぜん》としている。

咳払いしてからマグリットは改めてイザックに向き直る。

「ぬか漬《づ》けに味噌、醤油《しょうゆ》に納豆《なっとう》、魚醤、パン、甘酒《あまざけ》、塩麹《しおこうじ》……！」

「ヌカヅケ、ミソ……なんだそれは？」

「この世界でわたしの夢を叶えてくれるのはイザック様、あなただけですっ！」

「マ、マグリット？」

「是非ともイザック様の力をわたしに貸してくださいっ！」

期待を込めた眼差《まなざ》しを送るマグリットと呆然とするイザック。

話が噛み合わないことにシシーとマイケルは二人の顔を交互《こうご》に見合っていた。

「と、とりあえずは屋敷の中に入りましょうか」

シシーの言葉にマグリットは「はい！」と元気よく返事をした後に、スキップしながら屋敷に向かったのだった。

スキップするマグリットを見ながらイザックは驚いていた。

(何故、俺を怖がらない……? どうしてマグリットは、嘘をついていたことを怒《おこ》らないのだろうか)

彼女はこの屋敷に来たばかりの頃に『ガノングルフ辺境伯に聞いてみたいことがある』と言った。

だけど今まで使用人のフリをしていたのは、マグリットとの時間が楽しくて仕方なかったからだ。

そしてマグリットと一カ月の間一緒《いっしょ》に過ごして思ったことは、逆境に負けない強い女性だということだ。

(……マグリットはまるで太陽のように輝いている)

自分よりも年下のマグリットは、何でもできた。

掃除、洗濯、料理に整理整頓《せいとん》、畑仕事すら一人でこなしてしまう。シシーとマイケルに任せてばかりで何もできないままのイザックとは大違いだ。

そんなイザックに、マグリットは丁寧《ていねい》に仕事を教えてくれた。

彼女と過ごす時間が、いつの間にか心地《ここち》いいと感じるようになった。

マグリットはイザックが常に作っていた壁をいとも簡単に吹き飛《ふと》ばしていく。

彼女は魔法を使えないという理由からネファーシャル子爵家での居場所はなかったようだ。ネファーシャル子爵家の令嬢ではなく使用人として育ったらしい。

ベルファイン王国で魔法が使えない貴族たちの行く末は悲惨なものだとイザックも聞いたことがある。

国王でもある兄は、そんな子どもたちのために救済措置《そち》を用意した。

設立した魔法研究所では、隠れた魔力を引き出す訓練ができる。

魔力がないのではなく、なんの魔法属性なのか本人がわかっていない場合が多いのだ。

まだまだこの制度は浸透《しんとう》しておらず、自分の家から魔力なしの子どもを出したことがバレたくないからと隠す貴族たちも多いと聞いた。

虐げていたことがバレてしまえば罰《ばつ》を受けるが、それでも恥《はじ》を晒《さら》したくないと考えるからだ。

だがイザックはマグリットから微かな魔力の気配を感じていた。

（もしかしたらマグリットもなんらかの力を持っているかもしれない……）

そう思っていたイザックはマグリットの力を注意深く観察するものの、本来持っている魔法の正体はわからないままだ。

（今度、マグリットを魔法研究所に連れて行ってみよう。ローガンに見せれば何かわかるかもしれない）

ローガン・リダは変わり者の魔法研究所の所長であり、イザックの唯一の友人だった。

マグリットのように何の魔力かわからない場合もあるが、イザックのように強すぎる力に悩まされることもある。

イザックが腐敗魔法が使えるとわかったのは三歳の時だった。

あまりの強大な力に周囲の者は誰も近づけなかった。

感情が昂《たかぶ》ると、魔法が暴走してしまい母親や乳母《うば》さえも火傷《やけど》のような傷が腕にできてしまう。

イザックは自らの力が他者を傷つけると知り、そのことがトラウマになってしまう。

力をコントロールできずに周りにある植物を枯《か》らして、触れたものを腐らせてしまう。

大切なものすら傷つけてしまうこの力を何度憎んだろうか。

寂しい幼少期は力をコントロールできるようになるまでで終わるかと思いきや、既《すで》にすっかり腐敗魔法の恐怖が周囲の者に染みついた後だった。

(……誰も俺に近づかないでくれ)

人間不信になるのには十分だった。

誰にも受け入れられることはなく、イザックは誰かに触れることを恐れていた。

ましてや誰かと結婚するなどありえない。

イザックの性格がひねくれなかったのは、周囲の人間や家族に恵まれたからだ。

十歳差で生まれた兄は、イザックの力にも必ず意味があるはずだと励《はげ》ましてくれた。

両親もイザックを拒絶《きょぜつ》することなく、兄と変わらず愛情を与えてくれた。

気休めでも嬉しかったことを覚えているが、それ以外の人からは受け入れられない。

こちらを見る恐怖の視線や畏怖の感情に、イザックは早々に王位継承権を放棄して自分の力を活《い》かせる場所へと向かった。

それが十三歳の時だった。

母も父も反対したが、イザックはずっと抑え続けた力を解放しても問題ない場所に行きたかった。

ベルファイン王国は周囲に比べれば小国だが、資源が豊富だった。

国を守るために魔法を使うが、他国の圧倒的《あっとうてき》な武力や数を前にするには不利だった。

荒《あ》れ果《は》てた辺境の地は戦場になってひどい有様《ありさま》だったが、長年の怒《いか》りや憎しみを発散するようにイザックは力を振るった。

自分の限界を知りたかったのかもしれない。

敵国の船や武器をすべて溶《と》かし、戦力を奪《うば》ってやれば悲鳴と共に撤退《てったい》していった。

隣国との国境でもやることは同じ。戦う術がなくなれば逃げ帰るしかない。

何度か繰り返せば諦めるしかなくなる。イザックは一人で陸も海も守ることができた。

（……確かに恐ろしい力だな）

誰も殺《あや》めることなく場を収めたのは、これ以上自分の力を嫌いたくなかったからだ。

その功績を讃《たた》えられて父から爵位《しゃくい》を賜ることになる。それが〝ガノングルフ辺境伯〟

だった。

イザックの腐敗魔法の噂は一気に広まり、恐れられるようになったおかげか今では誰も近づかなくなった。

社交の場にはほとんど顔を出さずにいるからか噂は嫌な形で広まり続けた。


それから十年かけて戦場を豊かな街へと作り変えた。

イザックはいつの間にか二十三歳になっていた。

海の資源や広い土地に実る作物、ガノングルフ辺境伯領はあっという間に栄えていく。

領民とのやりとりはすべて手紙か、書類を介《かい》して行った。

自身は海辺の空き家を買い取り静かに暮らしていた。

海が見えるこの場所に人は滅多に訪《おとず》れない。ここでは人目を気にせずに過ごすことができる。


(これでいい……自分の役割を果たせればそれで)

王都に行ったのは、丁度その年に行われた兄の戴冠《たいかん》式だったろうか。

三十三歳でベルファイン王国の国王となった兄には二人の息子《むすこ》がいる。

行儀《ぎょうぎ》よく座る成長した王子たちを見て、この国の未来も安泰《あんたい》だと思った。

兄には家族を持つ幸せを味わってほしいと何度か縁談《えんだん》を提案されたが、会う前に相手がイザックを拒絶する。

社交界に広がり続けた噂を止めることはできはしない。

(こんな悍《おぞ》ましい力を子どもに継がせたくはない)

これがイザックの正直な気持ちだった。


二十八歳になったイザックの下に久しぶりに兄から手紙が届いた。

今回は、アデル・ネファーシャルとの縁談だった。歳《とし》は十八でイザックとは十歳差だ。

とても珍しい防壁魔法を使うらしく、イザックと相性がいいだろうとのことだった。

だが王都付近で暮らしていた普通の令嬢が、辺境の地で過ごせるわけもない。

それを知っているからか、嫁いでくるアデルのために新しく使用人たちを送ると書いてあった。

この屋敷で共に暮らしているのはイザックが幼い頃からずっと世話になっているシシーとマイケルだけ。

嫌な予感はしたが彼らは高齢なため、辺境の地ではなく息子や孫のいる王都に返してやりたいと思っていた。

(兄上はベルファイン王国の未来のことを考えているのだろうが……)

だからこそ兄は自身の身を守れる魔法の力を持つ令嬢との結婚を命じたのだろう。

本来ならば自分の息子との方が歳が近いはずなのに。

アデルが来る二週間前にはシシーとマイケルを王都に返していた。新たな使用人たちが来るからもう大丈夫だから、と。

しかし王都からやってきた侍女や侍従はこの屋敷とイザックを見て逃げ帰る始末。

一週間ほどは一人になった屋敷で備蓄《びちく》していた食料を食べながらやり過ごしていた。

畑に実る野菜を齧《かじ》ってみたが、とても生で食べられたものではない。

いつもマイケルが取りに行ってくれていた領民とのやりとりをするための書類が置かれている場所を探す。

屋敷から少し離れた場所には書類やカゴいっぱいのパンが置かれていた。

恐らく領民たちが置いていったものだろう。ありがたくパンをもらい食い繋ぐも、野菜や保存食も次々となくなっていく。

かろうじて火の起こし方はわかったため、珈琲だけは淹れることができた。それ以外のやり方はイザックが知るはずもない。

溜まっていく洗濯物や汚れた食器に目を背けたくなる。

(こんなことならマイケルやシシーに生活の術を教えてもらっておけばよかったな)

自分は領地の仕事ばかりでそれ以外は二人に任せきりだったが、やはり高齢のシシーとマイケルだけでは屋敷を管理するのは大変だったろう。

(……これからどうするか)

温かい食事も話し声もない屋敷で一人、珈琲を飲みながら今後のことを考えていた。

金はあるが、屋敷から出ないイザックは一人で街で買い物をしたこともない。

地位があったとしてもこうして支えられて生きていたのだと改めて実感する。

そして自分が嫌っている魔法のおかげで、今もこの地位にいられることも。

どのくらいそうしていただろうか。

いつの間にか太陽が昇《のぼ》り、朝になっていた。

扉を叩く音が聞こえてイザックは重い腰を上げる。

小さな影を見てネファーシャル子爵家の令嬢が嫁いでくるのだと思い出す。

兄に断りの手紙は入れたはずだが、今回ばかりは本気だということだろうか。

今からまた罵倒《ばとう》でもされて令嬢が逃げ帰るのを見送らなければならないと思うと気分が悪い。

それに今、イザックは髪や髭の手入れもしておらず、ひどい有様だ。

思わずため息が漏れる。

「はじめまして、マグリットと申します」

オレンジブラウンの髪とヘーゼルの瞳に恐怖の色はまったくなかった。

少女は本来嫁いでくるはずのアデルはとある事情で嫁げなくなったため、自分がその代わりにここにやってきたのだと、あっけらかんと語った。

マグリットはガノングルフ辺境伯を恐れてなどいない。

自分に会いたいと繰り返すマグリットの目を見れば気のせいかキラキラと輝いている。

（こんな力を喜んで受け入れるやつなどいない……受け入れると言ったとしても腐敗魔法

を目の当《あ》たりにすれば皆逃げていく）

イザックに歩み寄ろうとしてくれた心優しい令嬢もいたが、この力を前にすると顔を引《ひ》き攣《つ》らせて逃げていく。

けれどマグリットは自分からここにいることを選択《せんたく》した。彼女を迎え入れたのは、マグリットが掃除や洗濯、料理もできるという言葉が、今のイザックにとっては何よりもありがたかったからだ。

だからマグリットを受け入れたのだとそう言い聞かせていた。

マグリットに触れられた手が熱くて仕方ない。

掃除や洗濯、料理が得意だと言ったマグリットは小さな体でよく動く。

イザックも手伝ってはいたが、それでもマグリットの動きは別格だとわかる。

（マグリットは何者なんだ……？）

買い物に行った際もすぐに人と仲良くなったかと思えば何かを話し込んでいる。

ニコニコと笑っていて周囲を明るくするマグリットをイザックは眺めていた。

領民もイザックの顔を知らないからか、普通に話しかけてくる。

恐れられることもなく怯えられることもない。

こんなにも居心地《いごこち》がいいと思ったのは、生まれて初めてだった。

初めて買った屋台の食べ物は美味しくて、お腹が空いていたこともあり食べる手は止まらなかった。

屋敷に戻り、洗濯物を取り込むのを手伝った後に夕飯を作ることになった。

マグリットは何の躊躇《ためら》いもなくイザックに皮剝きを依頼《いらい》してきた。

そしてマグリットの言う通りに指を動かすと野菜の皮を剝いていくことができた。

マグリットは手際よく料理を作ってしまう。まるで魔法のように……。

彼女と話す時間は楽しく一緒に飲んで他愛のない話をするだけで珈琲の味もいつもより美味しく感じた。

部屋に戻ると、太陽の暖かい匂いがする。

（マグリットと、同じ匂いだ……）


その日は朝までぐっすりと眠ることができた。

それから一カ月、マグリットと共に暮らす日々はイザックにとっては輝いていた。

掃除や洗濯、料理を手伝いながら様々なことを学んでいた。

料理を作る喜びも知り、街に行く楽しさも知る。

こんなにも人々が笑って過ごせる活気ある街を作れたのだと思うと、誇らしい気持ちだった。

しかしマグリットから『ガノングルフ辺境伯はいつ戻るのでしょうか』、そう言われるたびに苦しくなる。

（もし、俺がガノングルフ辺境伯だと知ってもマグリットは同じことを頼むだろうか……）

マグリットに嘘をついていることに対して、罪悪感で胸が痛む。

今日こそ言おう、そう決意して朝起きるがマグリットの笑顔《えがお》を見ると決意が揺らいでしまう。

彼女から軽蔑《けいべつ》の視線を向けられることが何よりも怖いと、そう思ってしまうようになったからだ。

ずっとこのままで……そう思ってしまうほどに居心地がよかった時間の終わりは突然《とつぜん》訪《おとず》れた。

いつも買い物をしている店で、マグリットがどこで暮らしているのかと聞かれたのだ。

マグリットがガノングルフ辺境伯邸で暮らしていると答えた瞬間、店主たちの顔色が変わった。

（ああ、またか……）

きっと『ガノングルフ辺境伯は恐ろしいから気をつけろ』『危険だから今すぐに出て行った方がいい』というのだと思った。

その言葉をマグリットに聞かせたくなかったのかもしれない。

すっかり街に行く道も覚えたイザックはマグリットの手を引いて屋敷に逃げるようにして帰る。

こんな気持ちは初めてで、自分でもどうしていいのかわからない。

屋敷の近くまで戻ると、王都にいるはずのシシーとマイケルの姿があった。

焦ったようにこちらに駆け寄ってくる。

『王弟であるイザック様』

その言葉でマグリットに正体が明かされることになった。

いい言い訳も見つからないまま、肩を震わせるマグリットを見て心が痛む。

しかしマグリットを騙していたのはイザック自身なのだ。いくら謝罪しても足りないだろう。

それでも彼女と一緒にいたいと、そう思ってしまう。けれど腐敗魔法がある限り無理なのだ。イザックが諦めた気持ちで下唇《したくちびる》を噛んだ時だった。

「──その魔法の力をわたしの夢のために貸してくださいっ！」

マグリットの言葉に耳を疑った。ハンカチで口の端のよだれを拭うマグリットを見てますます何が言いたいのかわからなくなってしまう。

咳払いしたマグリットの目はやる気に満ち溢れ、闘志《とうし》すら宿っているように感じた。

「この世界でわたしの夢を叶えてくれるのはイザック様、あなただけですっ！」

イザックは何を求められているのかわからないまま、マグリットに握られた手を見つめていた。

（俺の力がマグリットの夢を叶える……どういうことだ？）

マグリットはイザックの正体がわかったのに、以前と変わらない目でこちらを見ている。

そこに畏怖や恐怖などは微塵もなかった。

それがこんなにも嬉しいのだと思うのと同時に、自分のマグリットに対する気持ちを自覚する。

だが、まだ腐敗の力を直接見ていないから、こんなことを言えるのかもしれない。

マグリットがいなくなったら……そう考えるだけで、胸が苦しくなった。

(もうマグリットのいない生活など想像できない。それほどまでに俺は彼女のことが好きなのか)

彼女を失いたくないと強く思う。こんな気持ちになったのは初めてだった。

二章 腐敗魔法と味噌



「と、とりあえずは屋敷《やしき》の中に入りましょうか」

「はい！」

マグリットはシシーの言葉に頷《うなず》いてスキップして屋敷の中に入ろうとするが、背後にいるイザックは立ち止まったまま動かない。

「イザックさん……じゃなくてイザック様、行きましょう！」

イザックはマグリットに手を引かれるまま足を進めた。

屋敷の中に入るとシシーとマイケルが呆然《ぼうぜん》として玄関《げんかん》から動けないでいる。そしてシシーが問いかけるように言った。

「ここは本当に私たちが知っているお屋敷なのでしょうか？」

マイケルも辺りを見回しながら驚《おどろ》いている。

「イザック様、これは一体……私たちがいなくなり、屋敷はひどい有様《ありさま》だと思ったのですが……」

シシーとマイケルは外観から中まで、ピカピカになった屋敷を見て目を見張っていた。

「すべてマグリットがやってくれたんだ」

「イザック様も手伝ってくれたではありませんか！」

「……だが、マグリットが」

「わたしだけでは無理でしたから」

すべてをマグリットの手柄《てがら》にしようとしているイザックの言葉に被《かぶ》せるように言ったマグリットだったが、シシーやマイケルの表情を見て悟《さと》る。

王弟にこのようなことをさせたマグリットをイザックが庇《かば》おうとしてくれたのではないか、と。しかしそれを自ら暴露《ばくろ》してしまい顔が青ざめていく。

「そのっ、これには理由がありまして……！」

シシーとマイケルは困惑《こんわく》しているように見えた。

「確かにイザック様と料理にお洗濯《せんたく》、お掃除《そうじ》も一緒《いっしょ》にしてしまいましたが、それはイザック様がガノングルフ辺境伯《へんきょうはく》だと知らなかったからで。なのでわざとではないと言いますか……！」

指先を合わせてツンツンとつつきながら必死に言い訳を繰《く》り返《かえ》す。

焦《あせ》るマグリットに、シシーとマイケルは目を丸くしている。

(日本食を食べるまでは死ねない。せめて打ち首だけは回避《かいひ》しないと……っ！)

見兼《みか》ねたイザックが小さく震《ふる》えるマグリットの肩《かた》に手を置いた。

「俺がそうしたいと望んでやったんだ。マグリットと共にいるために嘘《うそ》をついた。だからそんな風にマグリットが怯《おび》える必要はない」

「……イザック様」

「堅苦《かたくる》しい言い方はやめてくれ。今まで通りに接してほしい。名前も元のように呼んでくれ」

そうは言われても相手は王弟である。

ただの使用人であるマグリットが軽々しく名前を呼んではいけないことだけは確かだ。

だが、イザックの頼《たの》みを断るのもよくない気がした。

「えっと……なら屋敷では普段《ふだん》通りイザックさんでもいいですか？　表ではイザック様と呼びますからね！」

「ああ、それでいい」

イザックは笑《え》みを浮《う》かべながらマグリットの頭を優《やさ》しく撫《な》でた。

一カ月前よりもイザックとの距離《きょり》は縮まっており、今ではこうしてイザックから頭を撫でられることが増えた。

「イザックさん、子《こ》ども扱《あつか》いしないでください！」

「ははっ」

マグリットが唇《くちびる》を尖《とが》らせたのを見て、イザックは噴《ふ》き出《だ》すようにして笑っている。

イザックがいつものように喋《しゃべ》っていると、そのやりとりを見ていたシシーとマイケルがこれでもかと目を見開いていた。

マグリットが手際《てぎわ》よくお茶の用意をすると、イザックが街で買ったクッキーをテーブルに置いた。そこでハッとしたシシーから声が漏《も》れる。

「坊《ぼっ》ちゃん、随分《ずいぶん》と変わりましたね！」

自らを落ち着かせるように紅茶を飲んで息を吐《は》き出《だ》したマイケルは、マグリットとイザックを交互《こうご》に見た後に口を開く。

「イザック様、こちらに送られた使用人たちは職務を投げ出して逃《に》げ帰《かえ》ったそうではありませんか！」

「仕方ないさ。それにいつものことだろう？」

「何故《なぜ》すぐに知らせてくれなかったのですか⁉」

「私たちには問題ないから安心していいなどと嘘までついて！　シシーは怒《おこ》っておりますから」

「だが、いつまでもこんな辺鄙《へんぴ》なところで働かせるわけにはいかない。王都に戻《もど》ってゆっくりと過ごしてほしいと思ったんだ」

「私たちは代々王家に仕えてまいりましたわ。だからここを離《はな》れて王都で過ごしてみて改めて思いました。私たちは死ぬまで坊ちゃんのおそばで尽《つ》くしていく覚悟《かくご》はできていますから」

「そうです。確かに歳《とし》ではありますが坊ちゃんの幸せを見届けるまで死ねませんよ。そうシシーと話したんです」

「シシーさん、マイケルさん……」

シシーとマイケルの熱い言葉に感動したマグリットは、ハンカチをポケットから取り出して滲《にじ》んだ涙《なみだ》を拭《ぬぐ》う。

イザックは咳払《せきばら》いをしながら「だから坊ちゃんはやめてくれ」と言っているが、その表情はわかりにくいがとても嬉《うれ》しそうに見える。

二人の話によると、アデルが嫁《とつ》いでくる前に王城から派遣《はけん》された侍女《じじょ》や侍従《じじゅう》はイザックを恐《おそ》れて逃げ帰ってしまったらしい。

そのことを知らずに王都に帰っていたシシーとマイケルは、イザックが新しい使用人とうまくいっているか心配になりベルファイン国王に直談判《じかだんぱん》。

ベルファイン国王が早馬を送るとイザックから「大丈夫《だいじょうぶ》だ」との返事が届く。

それでも何かがおかしいと直感的に思ったシシーとマイケルが調査員を派遣してもらい調べてみると、使用人たちは全員やめていたことが判明。

イザックが知らせなかったこともあるが、自分たちがいなくなって一カ月以上も経《た》っている。

慌《あわ》ててガノングルフ辺境伯邸《てい》に帰ってきたが、屋敷は鍵《かぎ》が閉まっていた。誰《だれ》もおらず何かあったのではとイザックを捜《さが》し回《まわ》っていたらしい。

「無事で本当によかったですわ。私はイザック様が餓《が》死《し》しているのではと思い心臓が止まりそうでしたわ」

「シシーは大袈裟《おおげさ》だな」

「何をおっしゃいますっ！　マグリット様がいなければ今頃《いまごろ》どうなっていたか……考えたくもありませんぞ！」

「…………」

シシーとマイケルに返す言葉もないのか、イザックは気まずそうに人差し指で頬《ほお》をかいた。

「マグリット様、本当に本当にありがとうございました。あなたはイザック様の命の恩人ですわ！」

「いえ……！」

「ですがどうしてアデル様ではなく、マグリット様がいらしたのですか？」

マイケルが不思議そうに首を傾《かし》げる。

「もしかして、どこかの侍女として働いていた経験があるのでしょうか？　この仕事量をお一人でこなしてしまうなんて……」

マグリットが家事全般《ぜんぱん》をこなせることが不思議なのだろう。

シシーとマイケルにマグリットがどういう経緯《けいい》でここに来たのか、ネファーシャル子《し》爵《しゃく》家でどう過ごしていたのかを話していく。

「まぁ、なんとおいたわしい……！」

「だからこんなにも色々とできるのですね。ネファーシャル子爵は本当にひどいことを……」

シシーとマイケルは眉《まゆ》を顰《ひそ》めて、マグリットの話を聞いてくれた。

シシーは目に浮かんでいた涙を拭うと、マグリットの手を摑《つか》んで立ち上がった。

「坊ちゃん、マグリット様を私たちで幸せにいたしましょう！」

「……シシー」

「私も賛成ですぞ」

「マイケルまで何を言っているんだ」

二人はマグリットとイザックがもう結婚《けっこん》して夫婦《ふうふ》だと思っているようだがマグリットの認識《にんしき》は違《ちが》っていた。

（アデルお姉様の代わりに嫁ぎに来たけれど、わたしって使用人として雇《やと》ってもらっているはずよね？）

「シシーさん、マイケルさん。わたしは使用人としてイザックさんに雇っていただいているだけなので」

「「え……？」」

「そうですよね？　イザックさん」

「ネファーシャル子爵から送られてきた書類はまだ兄上に出してないから、彼女とは夫婦ではないが……」

イザックがそう言うと、シシーとマイケルの目が大きく見開かれる。

その後に彼らは顔を見合わせて頷いた。マイケルもシシーとマグリットが握《にぎ》り合っている手を包み込むように握る。

二人にガチガチに手を握られながらマグリットが戸惑《とまど》っていると、徐々《じょじょ》に近づいてくる二人の顔。

あまりの圧にマグリットは思いきり背を反らした。

「坊ちゃんに相応《ふさわ》しい相手はマグリット様しかおられませんわ！」

「マグリット様さえよければ使用人などと言わずに、是非奥様《ぜひおくさま》にっ……」

マイケルの言葉を遮《さえぎ》るようにイザックは大きく咳払いをして、二人をマグリットから引き離す。

「いいえ、イザック様に相応しいのはマグリット様しかおられません！　このチャンスを逃《のが》してはなりませんぞ！」

「これは運命の出会いですっ！　坊ちゃんのあんな優しい表情をシシーは初めて見ましたわ」

同時に話す二人が何を言っているのか、マグリットにはよくわからない。

二人がイザックに向けて必死に何かを訴《うった》えかけていることだけはわかった。

呆然とするマグリットにイザックから声が掛《か》かる。

「マグリット、嘘をついていて本当にすまなかった」

「いえ……」

「騙《だま》すような形になったこと、なんてお詫《わ》びすればいいかわからない。食材にも腐敗魔法《ふはいまほう》を使う者が触《ふ》れていた。不快だったろう？」

イザックの言葉にマグリットは首を傾げた。どうして今、食材の話が出るのだろうか。

そう考えてハッとする。

（イザックさんが、わたしや食べ物に触れるたびに怯えている感じがしたのには、ちゃんと理由があったのね……！）

マグリットはイザックの不思議な行動の理由を一カ月経って初めて理解することになる。

「不快だなんて思っていませんよ。それに腐敗魔法を使えることと、イザックさんが触れることは別でしょう？」

「……だが、噂《うわさ》が」

彼が皆《みな》から恐れられているガノングルフ辺境伯だとしても、恐ろしいという思いは微塵《みじん》もない。

「噂は噂です。一カ月一緒に過ごしてイザックさんがどんなに優しい方か知っていますし、わたしは体調も崩《くず》していなければ怪我《けが》もしていません」

「……！」

「食材を腐《くさ》らせたりもしていないじゃないですか。何も問題はありませんよ」

これはマグリットの心からの気持ちだった。

あれだけ恐れられているガノングルフ辺境伯だが、噂が一人歩きしているだけだとすぐにわかった。

むしろマグリットの夢を叶《かな》えるチャンスを一カ月も延ばしてしまい、どうして気づけなかったのかと悔《くや》しい気持ちばかりが込《こ》み上《あ》げてくる。

イザックは何故かはわからないが額に手を当てており表情が窺《うかが》えない。

マグリットがイザックの言葉を待っていると、彼は額から手を退《ど》ける。

そうして笑みを浮かべながらこう言った。

「マグリット、ありがとう」

「……？　はい」

「お詫びになんでも言うことを聞こう」

イザックの言葉にマグリットの眉がピクリと動く。

「な、なんでもとおっしゃいましたか⁉」

「ああ、復讐《ふくしゅう》には手は貸せないが……確か夢がなんとかと言っていたな」

「そうなんです！　わたし、イザックさんと一緒にやりたいことがありまして」

マグリットは興奮から再びイザックの手を掴む。

「わたしっ、わたしは……！」

「落ち着け、マグリット。それと……よだれが垂れているぞ」

「はい、申し訳ございませんっ！」

マグリットは慌てて持っていたハンカチでよだれを拭う。やっと長年の夢への第一歩が踏《ふ》み出《だ》せるのだ。

今、マグリットの頭の中には日本食のことしかなかった。

（な、何から頼もうかしら……！　まずは味噌《みそ》⁉　絶対に味噌よね。あぁ、でも魚が近くで捕れるなら醤油《しょうゆ》も絶対に外せないわ）

「少々、お待ちください！」

マグリットはネファーシャル子爵邸《ししゃくてい》から持参してきたメモやノートを高速で自室に取りに行く。

いつか造れたらと、前世の記憶《きおく》を思い出しながら味噌や醤油、発酵《はっこう》食品の造り方を忘れないように書き残しておいてよかったとこれほど思ったことはない。

そして急いで戻ると肩を揺《ゆ》らしながら三人の前に立ちノートを見せた。

「イザックさんにはある調味料を造るために協力してもらいたいのですっ！」

「……調味料？　それと俺の魔法の力に何の関係があるんだ？」

「それを造るにはイザックさんの魔法の力が必要なんです！　この力があればわたしはっ」

「マグリット、少し落ち着いてくれ」

「つまりですね、わたしは……っ！　とりあえず、一緒に発酵してくれませんかっ⁉」

興奮していたマグリットは、自分が何を言っているか気にしている余裕《よゆう》もなかった。

イザックはマグリットの衝撃的《しょうげきてき》な発言に口をあんぐりと開きっぱなしである。

「本来ならば長い時間を掛けて造らなければならないのですが今まで種麹《たねこうじ》がどうしても

造れなかったんです。でもイザックさんの力を使えばもしかしたらっ、もしかしたらわたしが長年追い求めてきた美味《おい》しい調味料を造ることができるかもしれません！　是非《ぜひ》ともわたしにその素晴《すば》らしい魔法の力を貸してくださいませんか？」

「……あ、あぁ」

早口で今までの経緯を語るマグリットの勢いに、イザックの後ろにいたシシーやマイケルも引き気味である。

マグリットがワクワクする気持ちを抑《おさ》えてその場で小さく足踏《あしぶ》みしていると、イザックはフッと笑った後に腰《こし》を屈《かが》めて小さく震えている。

「ははっ、まさか俺の魔法を調味料造りに使おうとする人間が現れるとはな」

イザックはくつくつと喉《のど》を鳴らして笑っているようだ。

「その調味料を造ることがわたしの夢への第一歩なんです！」

マグリットは期待を込めた瞳《ひとみ》で、イザックを見つめながら返事を待っていた。

「もちろんマグリットに協力しよう」

「ありがとうございます、イザックさんっ！」

マグリットはまず何から始めようかと手を擦《こす》り合《あ》わせる。

「そのための材料を今すぐに買いに行かないと！　それから雑貨屋さんに寄って密閉できる大きな瓶《びん》も買いたいですっ」

「……！」

イザックの表情が曇《くも》ったことを不思議に思っていたマグリットだったが、先ほどガノングルフ辺境伯の名前が出た際に逃げるようにして屋敷に帰ってきたことを思い出す。

マグリットの表情で察したのかイザックは説明するように口を開いた。

「俺は領民にも恐れられているはずだ。マグリットもここにいると知られて嫌《いや》な思いをしてしまうかもしれない」

「イザック様、そんなことありませんぞ」

「そうですよ、坊ちゃん！　皆様《みなさま》はいつもイザック様のことを……」

「シシー、マイケル。いいんだ、もう諦《あきら》めている」

「……坊ちゃん」

「皆様は是非、イザック様のお顔を見てお話をしてみたいとおっしゃっていますわ！」

シシーとマイケルはイザックの考えを勘違《かんちが》いだと必死に訴えかける。

マグリットは先ほどの領民たちを思い出していた。

(店主も奥さんもイザックさんに必死に何かを伝えようとしていたような気がするわ)

マグリットもシシーやマイケルと同じ気持ちだった。

彼らは〝ガノングルフ辺境伯〟を悪く言うために声を掛けたのではない気がした。

「あの……イザックさん、わたしもシシーさんとマイケルさんと同じように思います」

「……マグリット？」

「なんだか皆さん、イザックさんとお話ししたいように感じました」

マグリットの言葉にイザックは考えるような素振《そぶ》りを見せた。シシーとマイケルの表情が明るくなる。

「だが領民たちは魔法を使えない。俺は貴族たちにもずっと恐れられてきたんだ。そんな彼らが……」

イザックは領民たちを怯えさせないように、彼らの気持ちを考えて表に出ないようにしているのだろうか。

「わたしも魔法を使えませんが、イザックさんが怖《こわ》くないことを知っています。一度だけ話してみませんか？　きっと何かが変わるような気がするんです」

マグリットは鼻息荒《あら》くイザックに訴えかける。

「もし何かあったら、わたしがご馳走《ちそう》を作って慰《なぐさ》めますからっ！」

「……！」

イザックのエメラルドグリーンの瞳が大きく見開かれる。

マグリットも散々、アデルの残りカスと言われてきたが領民たちはちゃんとマグリットを名前で呼んでくれていたし、一人の人間として見てくれていた。

それが心の支えになっていたことも事実だ。

マグリットの言葉に後押《あとお》しされたのかイザックは小さく頷いた。

シシーとマイケルが嬉しそうに声を上げる。

「そうと決まればイザック様、身なりを整えますわよ！」

「……！」

「随分とほったらかしていたようで、私は我慢《がまん》なりませんぞ」

「ああ、わかっている」

マイケルは有無《うむ》を言わせない笑みを浮かべながら、イザックの身なりを整えようと圧をかけてくる。

髭《ひげ》は一カ月前よりもさらに伸びており、目は見えないほどに髪《かみ》で覆《おお》われていて邪魔《じゃま》そうだ。

イザックはハサミを持ったマイケルに背を押されるようにしてどこかへと向かっていった。

リビングルームにはシシーとマグリットの二人が残されたが、すぐにシシーがマグリットの前にやってきて涙を浮かべながら手を握る。

「イザック様があんな風に考えを変えてくださるなんて……すべてマグリット様のおかげですわ」

「あの、シシーさん。わたしはイザックさんに使用人として雇ってもらっているので〝様〟をつけなくても大丈夫ですよ」

「いいえ、マグリット様はイザック様をこんな風に変えてくれたお方、恩人ですわ！」

「恩人だなんて大袈裟です。わたしの方こそイザックさんにここに置いていただいて感謝しているのですから」

「私は嬉しいのです。幼い頃《ころ》からイザック様を見てきましたが、あんなに前向きで幸せそうに笑うイザック様を初めて見ましたから」

シシーは本当に嬉しそうに手を合わせた。

「それに国王陛下はずっと一人で過ごしているイザック様を心配されていました。イザック様がこうして私たち以外に心を許して共に過ごせる人が現れたことこそ奇跡《きせき》なのです！」

「……シシーさん」

「きっとアデル様では、こうはならなかったでしょう。そういえばマグリット様は代わりだとおっしゃっていましたが……」

シシーの心配そうな視線を感じてマグリットは困ったように笑いながら頷いた。

マグリットは、ネファーシャル子爵家の娘《むすめ》としてアデルの代わりにガノングルフ辺境伯の下に嫁いできたのだ。

そして追い返されそうになったが、使用人として働く代わりにここに置いてもらっている状態だ。

ベルファイン国王はアデルではなくマグリットがここに居座《いすわ》っていることを聞けば驚くだろう。

「国王陛下はアデル様と強引《ごういん》に結婚させようとしたことでイザック様に嫌《きら》われたのではないかと、それはそれは心配なさっていて……」

「それに侍女たちが皆、逃げ帰ってきたと知った時、国王陛下は荒《あ》れていました。自分がイザック様の下に今すぐに行くと聞かなくて引き留めるのが大変でしたわ」

イザックは最低限の手紙しか寄越《よこ》さないため、ベルファイン国王を困らせているそうだ。

彼は重度のブラコンだそうで十歳下のイザックをいつも心配していると聞き驚いた。

たまに前国王や王太后たちが旅行がてら、イザックを心配して見に来るそうだがそれも年に一回ほど。

辺境に住んでいることも含《ふく》めて、社交の場にも滅多《めった》に顔を見せないイザックを心配しているそうだ。

「イザック様が無事だったと、早く国王陛下に手紙を送りたいですわ」

シシーはアデルとイザックの様子を見てくるように頼まれていたのだと語った。

マグリットはシシーの話を聞きながらガクガクと震えが止まらなくなった。

「国王陛下の代わりに私たちが様子を見に来たのですが、まさかマグリット様とこんなにうまくいっていたなんて。嬉しい知らせができそうで、シシーは感動で涙が出そうですわ」

「わ、わたしはイザックさんのことをずっと使用人だと思って接してきたんです……国王陛下にこのことが伝わったらと思うと震えが止まりません！」

「……なるほど」

「社交界に出たこともないのならイザック様のお顔を知らなくても仕方ありませんわ。イザック様も社交界には滅多にお出になりませんし……それにマグリット様はネファーシャル子爵家でひどい扱いを受けてきたんですから」

「……シシーさん」

「国王陛下もこの状況《じょうきょう》を聞いて安心するでしょう。むしろマグリット様に感謝すると思いますよ。何よりイザック様の変化を知れば間違《まち》いなくお喜びになりますわ」

シシーはそう言って笑った。

どうやらマグリットの首と体は、まだ繋《つな》がったままでいられるようだ。

「それにしてもマグリット様はすごいですね。屋敷が見違《みち》えるようです。驚きですわ」

「ネファーシャル子爵家でもずっと使用人として働いていたので慣れたものです」

「料理まで一人でされていたなんて……信じられません」

朝から晩まで働き通しだったが、ここに来てからは自主的に動いていたし、ネファーシャル子爵たちに『アデルの残りカス』だと罵《ののし》られて怒られることもない。

イザックと楽しく過ごしながらガノングルフ辺境伯に会えるのを待っていたので、苦痛は一切《いっさい》感じなかった。

「ネファーシャル子爵家には何かしらの処罰《しょばつ》が下されるでしょうね」

「え……？」

「結果的にはマグリット様が来てくださりよかったとはいえ、本来ならば王家を欺《あざむ》くなど許されることではありませんから」

「……そうなのですね」

イザックが書類を提出していないから知らないだけで、ネファーシャル子爵たちが王命に背《そむ》いたと思われてもおかしくないそうだ。

これで解決したと思っていただろうネファーシャル子爵たちはベルファイン国王にこのことがバレてしまえば狼狽《うろた》えることになるのだろう。

そう思うと少しだけ胸がスッとする。

「それに本来マグリット様は魔法研究所に行かなければなりませんでした。その辺りも言《げん》及《きゅう》されるでしょうね」

シシーの言葉にマグリットはあることを思い出す。

(魔法研究所……アデルお姉様がよく行っていた場所だわ)

何故、マグリットが魔法研究所に行かなければならないのか……その理由もわからないまま首を傾げているとシシーは部屋を見回しながらあることを口にする。

「マグリット様は、イザック様の腐敗魔法の力を求めていたそうですが……」

「はい。わたしは腐敗魔法の力を借りてある調味料を造ってみたかったんです。だからここに身を置かせていただきガノングルフ辺境伯と会えるのを心待ちにしていたのです」

「腐敗魔法が調味料に……？　マグリット様はすごいことを考えますわね」

「そのために今まで料理の研究をしてきましたから！」

マグリットはボロボロになったノートを取り出してシシーに見せた。

数冊のノートの中には忙《いそが》しい合間を縫《ぬ》って、前世の記憶と照らし合わせながら、この世界の食べ物を日本食に近づけるために考えたレシピが大量に書かれていた。

「素敵《すてき》ですわね。私も微力《びりょく》ながら手伝わせていただきます」

「シシーさん、ありがとうございます！」

マグリットはシシーの前に置いてあるカップが空になっていることに気がついて、おかわりのお茶を淹《い》れるために立ち上がる。

「マグリット様、私が……」

「わたしがやります。シシーさんは王都からの長旅で疲《つか》れていると思うのでゆっくり休んでいてください」

「マグリット様……！」

涙もろいのかハラハラと涙を流すシシーにマグリットは戸惑う。

「マグリット様が素敵な方で私は嬉しいです。イザック様にもやっと運命の出会いが……このシシー、お二人が幸せに結ばれるまで死ぬわけにはいきませんっ！」

ハンカチで口元が覆われているからか何を言っているかよく聞こえない。

その後、シシーにこの地域の料理のことを聞きながらマグリットは真剣《しんけん》にメモをしていた。

この場所でずっと料理を作ってきたシシーは現地の食材に詳《くわ》しく、マグリットは次々に質問しながら知識を蓄《たくわ》えていく。

レシピ本には載《の》っていない様々な知恵《ちえ》や時短するためのテクニックを教えてもらった。

「是非、作り方を教えてください」

「もちろんですわ！」

「シシーさん、生で食べられる魚を知りませんか？」

「焼いたり、煮《に》たりしないで生で食べるのですか⁉」

「はい、そうなんです」

「……あまり聞いたことがありませんわ」

魚屋の店主もシシーと同じ反応をしていたことを思い出す。

魚は煮るか焼くかが主流で、生で食べることはほとんどないそうだ。

それからイザックが串焼《くしや》きを初めて食べた時の話をする。

「そういえば、イザック様に丸ごと焼いた魚は出したことないですねぇ」

「やっぱりそうですよね……」

王弟であり、領民との接触《せっしょく》を避《さ》けてきたのなら食べたことがなくて当然だろう。

シシーと食べ物の話で盛り上がっていると、遠くから二人が歩いてくる声がする。

「マグリット、待たせてすまなかった」

イザックの声が聞こえて振《ふ》り向《む》くとそこには知らない人が立っていた。

「えっ……？」

「久しぶりに着ると窮屈《きゅうくつ》だな」

オリーブベージュの髪はサッパリと切《き》り揃《そろ》えられて、今まで髪に隠《かく》れていたはずの涼《すず》やかな切れ長の目元が見える。

モサモサしていた髭はなくなり、綺麗《きれい》な肌《はだ》が露《あら》わになっていた。

違和感《いわかん》があるのか顎《あご》を摩《さす》りながら現れた美しい男性に目を奪《うば》われてしまう。

「マグリット、どうかしたか？」

「イッ、イッ……！」

服装がいつもと違うことも要因だろうが、上品で美しく高貴な姿を見ていると、先ほど
までの彼はなんだったのかと問いかけたくなる。

驚きすぎて、マグリットの口は閉じることができなくなっていた。

マグリットがゆっくりと指をさすようにして腕《うで》を上げる。

目の前には別人のようなイザックさんの姿があった。

「──も、もしかしてイザックさんですかっ⁉」

「ああ、そうだが？」

イザックは当たり前のように頷いているが、まるで魔法のように印象が変わっていた。

以前よりもずっと若々しく見えるのは、髪と髭を整えたからだろうか。

元々、童顔なのかイザックは二十八歳にしては若々しく中性的に見えた。

（イザックさん、美しすぎるのでは……？）

これが本当に皆から恐れられているガノングルフ辺境伯なのだろうか。

今ならベルファイン国王がブラコンになる理由がよくわかるような気がした。

（まさかこんなに眉目秀麗《びもくしゅうれい》な男性だったとは……）

あまり外に出ないのか白い肌に薄《うす》く形のいい唇。

ずっと隠れていた目元が露わになったことで、エメラルドグリーンの瞳は宝石のように輝《かがや》いている。

いつもは猫背《ねこぜ》気味なのに、服のせいか背筋が伸びてスタイルの良さが際立っている。

端整《たんせい》な顔立ちのイザックにマグリットは圧倒《あっとう》されていた。

「マグリット、行こうか」

「あ、あの……」

差し出される手を掴むのを躊躇《ためら》ってしまう。

イザックはマグリットにいつものように、勢いがないことを不思議に思っているようだ。

「どうかしたか？」

「今までのイザックさんと違いすぎるので……眩《まぶ》しくて」

「眩しい？」

なんとなく気まずくて目を合わせられずにいたマグリットだったが、目の前でイザックが屈んだような気がして視線を戻す。

スッとマグリットの手のひらをすくうように握ったのはいつもと同じ手だ。

「眩しいのはマグリットの方ではないか？」

「～ッ⁉」

そう言ったイザックは柔《やわ》らかい笑みを浮かべた。

まるで恋愛《れんあい》映画のワンシーンを見ているような気分になった。

エメラルドグリーンの美しい瞳が、マグリットの驚いた表情を映し出している。

キラキラとした輝きが凄《すさ》まじい威力《いりょく》でマグリットを襲《おそ》う。

イザックがイケメンだということは十分に理解した。

（イザックさんはイザックさんよ！　いつも通り何も変わらないわ！）

外見が変化したとしても、イザックの中身が変わったわけではない。

マグリットは自らを落ち着かせるように深呼吸した後、イザックを見上げて力強く頷いた。

「大丈夫か？」

「はい、大丈夫です。イザックさん、行きましょう」

「……ああ」

イザックの表情が再び曇る。マグリットはイザックの手を握り返すと屋敷の外へ出る。

もちろん今から街に戻るためだ。シシーとマイケルも付き添《そ》うと言って少し離れてついてくる。

木々が生《お》い茂《しげ》っている道を抜《ぬ》けていくが、陽の光が葉の隙間《すきま》から見えて綺麗だと思いながら足を動かしていた。

今日も空は雲一つなく晴《は》れ渡《わた》っている。

「イザックさんと何度もこの道を歩きましたね。今度からは堂々と街に行きましょう！」

「そう、なるといいんだが……」

「なりますよ、絶対に」

マグリットと繋いでいるイザックの手からは、緊張《きんちょう》が伝わってくる。

そしてもうすぐ街だというところで、騒《さわ》がしい人の話し声が聞こえてきた。

街の人たちが集まっていると気づいた瞬間《しゅんかん》に、イザックの足が止まってしまう。

きっと彼はこれまで幾度《いくど》も心ない声に傷ついてきたのだろう。

「イザックさん……大丈夫ですよ」

マグリットがそう言ったとしてもイザックの足は重い。

シシーとマイケルも心配そうに見つめている。

（シシーさんもマイケルさんも大丈夫だって言っていたし、わたしも大丈夫だと思うわ）

一歩踏み出そうとした瞬間、街の人たちがマグリットたちに気がついたようだ。

「マグリットちゃん！」

「シシーさんやマイケルさんもいるぞっ」

「……本当だ！」

ずっとガノングルフ辺境伯邸で暮らしていたシシーやマイケルとは顔見知りのようだ。

そして視線はイザックへと移っていく。

「も、もしかしてあなたがガノングルフ辺境伯なのですか？」

魚屋のおばちゃんがそう言うと、あんなにも騒がしかった人たちがピタリと話すのをやめる。

マグリットが瞳を伏《ふ》せてしまったイザックの前に立つ。

「はい。わたしも先ほどやっとガノングルフ辺境伯に会うことができました」

「そうなのかい？」

「この方が領主様……？」

「おーい、領主様がいるぞっ！」

次第《しだい》にザワザワと騒ぎが大きくなり、イザックに無数の視線が集まる。

「ガノングルフ辺境伯は皆様が怖がらないように今まで姿を現さなかったそうです。なので……！」

マグリットが説明しようとすると、イザックがマグリットの肩に手を置いた。

「今まで顔も出さずにすまなかった。マグリットの言う通り、皆を怖がらせたくなかったんだ」

イザックの言葉にシンと辺りが静まり返る。

彼が手のひらをグッと握ったのがわかった。

マグリットが緊張感漂《ただよ》うこの空気をどうにかしなければと口を開こうとしたその時だ

った。

「──領主様、本当にありがとうございますっ」

その言葉をきっかけに周りにいた人たちは、口々にイザックにお礼を言っていく。

周囲は笑顔《えがお》で溢《あふ》れていたが、イザックは驚いて言葉が出ないようだ。

「アタシたちが今こんなに快適に暮らせているのは全部ガノングルフ辺境伯のおかげですわ！」

「いつか直接お礼を言えたらって思っていたんですよ！　まさかこんな綺麗なお顔をしていたとは驚きだなぁ」

「やっと直接お礼を言えます。荒れ果てた土地を十年足らずでこんな栄えた街にしちまうなんて……！」

街の人たちは次々にイザックに感謝を伝えていく。

凄まじい熱量にマグリットは圧倒されていた。

皆の言葉はイザックを恐怖《きょうふ》して追い立てるものではない。むしろその功績を称《たた》えるものばかりだった。

「おーい、みんな集まってくれ！　ガノングルフ辺境伯だ。日頃《ひごろ》のお礼を言うチャンスだぞ！」

「おぉ、やっと領主様が顔を見せてくださった！」

イザックがここにいると呼ぶ声と共に、さらに人が増えていく。

マグリットもその様子を見つめながら呆然としていた。

シシーやマイケルはこうなることがわかっていたのだろうか。手を合わせて喜んでいる。

「領主様、ありがとう！」

すると小さな子どもが複数人、人混みの中から前に出てきてアピールした。

小さな花をイザックに渡そうと一生懸命《いっしょうけんめい》腕《うで》を伸ばしている。

イザックは花を持つ子どもたちの前に行くと跪《ひざまず》いて、丁寧《ていねい》に花を受け取ると、恐る恐るではあるが優しく頭を撫でた。

子どもたちは誇《ほこ》らしげに満面の笑みを浮かべている。

それからイザックは、集まっていた人々に案内されるがまま街を回り始めた。

感謝の気持ちを伝えたいのか店の前に行くと大量の差し入れを渡される。

マイケルやシシーに手伝ってもらいながら、マグリットも持ちきれないほどの果物や魚、花やパンに肉に雑貨などを受け取る。

イザックのおかげでこんなにも市場が賑《にぎ》わい、街が発展して幸せな生活を送れるのだと、お礼を言いたかったそうだ。

そろそろ荷物が持ちきれないという時にマイケルとシシーは「先に屋敷に戻ります」と言って背を向けた。

先ほどの子どもはイザックが建てた新しい孤児院の子どもたちだそうだ。

後ろから神父とシスターが涙ながらに、イザックにお礼を言っている。

イザックがずっと避けていた街の人たちは怯えるどころか彼に感謝していた。

中にはイザックと共に十五年前に戦地に赴《おもむ》いた人もいたようだが、魔法の力を知っていたとしても態度を変えることはなかった。

「誰も傷つけることなく、場を収めた神のような方だ」

そう言って、涙ながらにイザックの前で手を合わせていた。

人が溢れすぎて大変なことになっていたため、噴水《ふんすい》がある街の広場に移動する。

そこではイザックにお礼を言うための行列ができるほどだった。

マグリットは子どもたちと遊んだ後に、噴水のそばにあるベンチに座りながらその様子を見ていた。


どのくらい時間が経っただろうか。

日が落ちて皆が手を振って去っていく中、イザックはその後ろ姿を最後まで見送っていた。

子どもたちも神父やシスターに連れられて元気よく去っていく。

マグリットは手を振り終わり、横にいたイザックに声を掛ける。

「イザックさん、よかったですね！」

「…………」

返事をしないイザックが気になり顔を覗《のぞ》き込《こ》もうとすると真っ暗になる視界。

彼に抱《だ》きしめられていると気づいたのは、お日様の匂《にお》いといつも飲んでいる珈琲《コーヒー》の匂いがほんのりと香ったからだ。

「イ、イザックさん……？」

「まさか……皆にこんな風に思われていたなんて驚きだ」

イザックの背に手を回してマグリットは微笑《ほほえ》んだ。

「わたしがイザックさんを慰める必要はなさそうですね」

「ああ、むしろお礼を言わせてくれ」

「今までイザックさんが皆さんのためにがんばってきたからですよ」

マグリットを抱きしめるイザックの腕が強まった。彼は真実を知れて嬉しかったことだろう。

抱きしめていた腕がそっと離れる。イザックの表情はいつもより柔らかい。

「マグリット、そろそろ屋敷に戻ろう」

「はい、お腹《なか》も空きましたね」

「確かにそうだな」

イザックと共に屋敷までの道のりを歩いていく。

夕陽《ゆうひ》に照らされてイザックのオリーブベージュの髪が輝いて見えた。

「イザックさんの髪、とても綺麗ですね」

出会った時よりも短くなった髪は、整えたからか以前よりも艶《つや》やかに見えた。

急に足を止めたイザックに気づいてマグリットは振り返る。

こちらに腕を伸ばしたイザックはマグリットの髪を撫でるようにして一束掴む。

「マグリットの髪は太陽みたいだな」

イザックはそう言うとマグリットの髪を優しく撫でた。

いつからだろうか。イザックがこうして当たり前のようにマグリットに触れてくれるようになったのは。

「マグリット、俺は……」

イザックが何か言いかけた瞬間、遠くから名前を呼ぶマイケルの声が聞こえた。

イザックがわずかに肩を跳《は》ねさせて、反射的にマグリットから距離を取る。

「マグリット様、イザック様……夕食ができましたよ！」

「マイケルさん！」

どうやら今晩はシシーが手料理を振《ふ》る舞《ま》ってくれるようだ。

マグリットがスキップしながら屋敷に戻るといい匂いが鼻を掠《かす》めた。

シシーの作った料理がテーブルに並べられている。

今日は四人でテーブルを囲む。マグリットはシシーの作ってくれた料理の数々を見て目を輝かせた。

三種類のチーズやジャムが並べられて、隣《となり》にはパンが置かれている。

ゴロゴロと大きく切った具材を煮込んだスープからは、ニンニクや赤ワインの匂いがする。こんがりとしたチーズの焼き目がついているキッシュに似た食べ物には、ベーコンや野菜が入っていて色合いもよく食欲をそそった。

ネファーシャル子爵家では自分で作った料理ばかり食べていたせいか、シシーが作ってくれた料理はどれも美味しくて感動してしまう。

口に広がる懐《なつ》かしい家庭の味に頰を押さえた。

「んんっ……！　とっても美味しいです！」

マグリットは次々と料理を口に運んでは、あまりの美味しさに何度も頰を押さえた。

久しぶりに食べる、人に作ってもらう料理は格別だ。

楽しい夕食はあっという間に終わり、満腹になって膨《ふく》らんだお腹を撫でた。

片付けが終わる頃、イザックがマグリットに声を掛ける。

「マグリット、いいか？」

「食後の珈琲ならもうすぐ用意できますよ」

「いや、違う。マグリットが調味料を造りたいと言っていただろう？」

「……！」

「俺の魔法が役立つのなら手伝うが……」

「よろしくお願いします！」

マグリットは喜びから飛び跳ねそうになった。

「この力でマグリットの夢を叶えられたらいいんだが、本当に可能なのだろうか？」

イザックがやる気になってくれたことがマグリットは何よりも嬉しかった。

それから今日、市場に行った際に大量にもらったあるものを取り出した。

「まず初めに造りたいものがあって、こちらを使いますっ！」

「これは……麦か？　それに豆や塩もあるな」

マグリットはガノングルフ辺境伯に会えるのを待つ間、何も準備しなかったわけではない。

街で食材を探して、使えそうなものをしっかりと吟味《ぎんみ》していた。どの調味料を使えば日本食に近い味が作れるのか、シミュレーションしながら毎晩考えることが楽しみの一つなのだ。

腐敗魔法がどこまで影響《えいきょう》をあたえてくれるのかはわからないが妄想《もうそう》は捗《はかど》り続けた。

そして造った調味料を入れる容器も準備万端《ばんたん》である。

ガノングルフ辺境伯に断られても、イザックに許可をもらい仕事の合間に研究しようと思っていたが、本人に手伝ってもらえるのならありがたい。

「ま、まずは材料が近い二種類の調味料を造ろうと思っているんですけど、味噌と醤油と言って色んな料理に使えますしコクがあって美味しいのです……！　お味噌があればお汁《しる》に炒《いた》めものでしょう？　それから和《あ》えものや魚の味噌煮《みそに》もそれは最高ですし、もし醤油も造れたらお刺身《さしみ》や煮物も作れるようになります。卵焼きに肉じゃが、いつかは納豆《なっとう》なんかも……それからそれからっ」

「お、落ち着け……マグリット」

「味噌や醤油のことを考えるとよだれが止まりませんっ！」

それはマグリットになる前の前世の記憶。

幼い頃は祖父母に山奥《やまおく》にある小さな集落で育てられた。

種や食べ物を物々交換《ぶつぶつこうかん》したりして助け合って生きていたのだが、調味料は全部祖母が手造りしていた。

今でこそ思うが調味料を手造りするとなると、手間暇《てまひま》がかかった。

幼い頃は手造りが当たり前だったのだが、都会に来て、安い金額で味噌や醤油がすぐ手に入ることを知った時の衝撃は今でもよく覚えている。

いつも祖母のあとをついて回り、毎年手伝っているうちに造り方は覚えた。

手造りならではの懐かしく特別な味を今でも思い出すことができる。

「ミソ、ショウユ……聞いたことのない調味料だが」

「私も聞いたことないですね」

イザックは顎に手を当てて、シシーもマイケルも首を横に振る。

マグリットは十六年間、この世界で暮らしているが似た味の調味料すら見たことがない。

「マグリットはどうやって造り方を知ったんだ？」

イザックの鋭《するど》い質問にピタリとマグリットの動きが止まる。

日本に住んでいた前世の記憶があると言っても信じてもらえないだろうし、ましてや味噌と醤油の造り方を何故知っているかと言われても困ってしまう。

「ネ、ネファーシャル子爵家に来た異国の商人に食べさせてもらって、それから造り方を聞いてメモしていたんです！」

「そうか。興味深いな」

困った時は異国の話をすればいい。

マグリットは幼い頃、よく日本で暮らしていた時に使っていた言葉や前世の話をしてしまい、疑われた時はこうやって誤魔化《ごまか》していた。

「小さな頃だったのであまり覚えていないのですが、その味だけは忘れられなくて」

「マグリット様はそんな頃から働いていたのですか？」

「はい。魔法が使えないとわかってからは使用人として働いておりました」

「まぁ……！」

シシーが眉を顰めて悲しそうにする。

アデルを王子の婚約者《こんやくしゃ》にするために金を使っていたので、ネファーシャル子爵邸では人を雇えるほどの余裕もなく常に人手不足だった。

暗い空気を切《き》り替《か》えるようにマグリットは材料をテーブルの上に並べて置いていく。

マグリットが言うのもなんだが、イザックはとてもいい雇い主である。

買い物をしたことがなく、その辺りは疎《うと》いイザックだが上司としては最高だ。

マグリットが使用人として働くにあたり、きちんと働きに応じて賃金をもらっていた。

働いた分だけちゃんとお金が返ってくる。

ネファーシャル子爵家で死ぬほどこき使われて、タダ働きだった劣悪《れつあく》な環境《かんきょう》とは大違いだ。

イザックが領民にあれだけ慕《した》われる理由もわかるような気がした。

イザックもシシーもマイケルも興味深そうにマグリットの手元にある材料を見ている。

「この材料を俺の魔法でどうしようと言うんだ？　まさか腐らせるわけではないだろう？」

「はい、腐らせますっ！」

「…………は？」

「正確には発酵させるんです」

イザックは発酵と聞いて納得《なっとく》したのか頷いている。

「だから〝一緒に発酵してくれませんかっ⁉〟と言ったのか」

「あの時は興奮してつい……」

「そういえばパンを作る時も生地《きじ》を発酵させるとシシーに聞いたことがあるが……」

「今回は麦そのものを発酵させようと思っています！」

三人とも理解できないと言いたげにこちらを見つめてくる。

麦を発酵させてどうするんだという疑惑《ぎわく》の視線を感じながらもマグリットは腕まくりをした。

魔法のようにすぐに味噌や醬油ができたら苦労はしないのだ。

味噌や醬油を造るためには、まず麹を造らねばならないが、ここではお米は手に入らない。

そこで米麹《こめこうじ》を諦めたわけではないが、まずは麦麹を造ろうと思った。

そして麦麹を造るための種麹を造らなければならない。

本来ならこれも米で造るのだが、その種麹を造るための麹菌《こうじきん》がない。

長年、マグリットは色々な食材を探して試《ため》してみたがどうにも麹菌だけは手に入らなかった。

だからこそイザックが使う腐敗魔法に頼《たよ》るしかなかったのだ。

腐敗できるということは、発酵も可能ではないのか。

腐敗の塩梅《あんばい》を調整すれば、麹菌に似たような働きをするのではないのかと考えたのだ。

つまり、イザックは日本食を食べるための最後の希望というわけだ。

（ただ腐らせるだけじゃない……目指すは麹菌！　わたしは絶対に種麹を手に入れてみせるっ！）

マグリットはグッと手のひらを握る。簡単に種麹ができるとは思っていない。まだ構想の段階でもしかしたら……と思っている。

恐らく何度も魔法を使ってもらい、挑戦《ちょうせん》することになるはずだ。

そのことを考えると、この一カ月でイザックと仲を深められたのはよかったのかもしれない。

「発酵するためにはイザックさんと長く苦しい道のりを共にしなければなりません！」

「一体、俺に何をさせる気なんだ？」

「わたしは魔法が使えないので感覚はわかりませんが、こう……元あるものを分解して別のものに変えるというイメージで魔法の力を調整することはできますか？」

マグリットの語彙力《ごいりょく》ではうまく説明することはできないが、イザックは顎に手を置いて真面目に考えてくれているようだ。

「何回か繰り返さなければわからないが、とりあえずやってみよう」

「まずは麦を水につけてから濁《にご》りがなくなるまで洗うので待っていてください。それらを蒸《む》したらイザックさんの出番です！」

「随分と手間がかかるんだな」

「はい！　もしお休みになるなら明日までに用意しておきます」

「いや、今日やろう。今はとても気分がいいんだ」

イザックは珈琲を飲みながら準備ができるまで待ってくれると言う。

そこでマグリットがいつものように井戸の水をすくいに行こうとした時だった。

「マグリット様、私が手伝いますぞ」

「もし火を使うならシシーも力になりますから任せてください」

どうやらマイケルもシシーも魔法が使えるようだ。

本来、貴族でなければ魔法は使えないのだが、彼らは伯爵家《はくしゃくけ》の三男と男爵家《だんしゃくけ》の次女であり、彼らのように家を継《つ》ぐ必要がない者たちの中でも、魔法のコントロールがうまい人たちが城に勤めて王家を支えている。

自分の得意な魔法を活《い》かして使用人として働く者たちもいれば、色々な場所に派遣されて敵国から国を守ったり国民の生活を支えたりする者たちもいる。

イザックのように強い力を持っている場合、国を守るために力を奮うこともある。

魔法の力を悪用しないように管理するのも王家の仕事だそうだ。

色々な部署があるそうで、爵位《しゃくい》は持たずとも自分の居場所を見つけられるのはありがたいことだ。

だが、それも魔法の力の強さに左右される部分が大きい。魔法の力が重要視されるのも致《いた》し方ないのかもしれない。

そしてマイケルの水魔法で麦を水につけ、シシーには火魔法を使ってサポートしてもらい蒸していく。

その間にイザックに造りたい麦麹の説明をしていく。

「ほう……つまり完全に腐敗させるわけではないということだな」

「はい、イザックさんに腐敗魔法をかけていただいた後は保温をして発酵させます。一定の温度に保つんです」

「なら、それも私が手伝えますよ」

「本当ですか⁉　シシーさん、ありがとうございますっ」

マイケルとシシー、二人に助けられながらなんとか下準備を終えたマグリットは冷めた麦を十個くらいにわけていく。

（本来ならここで種麹を振りかけるところなんだけど……）

腐敗……つまりなんらかの菌を操《あやつ》っているイザックにマグリットは視線を向ける。今こそイザックの出番である。

「とりあえずはイザックさんの感覚でお願いします」

「ああ、やってみる」

イザックは頷いた後に、蒸した麦の一つに手のひらを向ける。

すると一個目は完全に腐敗してドロドロに溶《と》けてしまった。

真っ黒になった麦を見てマグリットは驚く。

初めて目《ま》の当《あ》たりにする腐敗魔法に目が離せないでいた。

「……すまない」

「いえ！　最初からうまくいくとは思っていませんから。次、お願いしますっ！」

「あぁ、わかった」

マグリットは真剣に麦に目を向けるイザックを見て、嬉しくてたまらなかった。

味噌と醤油に思いを馳《は》せながら、イザックと共に実験を重ねたのだった。

# 三章 味噌と婚約

マグリットがガノングルフ辺境伯領《へんきょうはくりょう》に行き、一カ月半が経《た》とうとしていた。ネファーシャル子爵《ししゃく》は頭を抱《かか》えて下唇《したくちびる》を噛《か》んでいた。

(このまま我々はどうなってしまうんだ……)

結局、アデルはオーウェンとの駆《か》け落《お》ちに失敗。マグリットがガノングルフ辺境伯領に行ってから二週間後にネファーシャル子爵邸《てい》に泣きながら戻《もど》ってきた。

アデルが無事だったことは嬉《うれ》しいが、頭に浮《う》かぶのは代わりに嫁《とつ》がせたマグリットのことだ。

マグリットがいなくなり、そのすぐ後に優秀《ゆうしゅう》な侍女《じじょ》、レイもやめてしまった。

料理人もおらず侍女もいなくなり、ネファーシャル子爵家は最悪の状態だった。

すぐに料理人や侍女を雇《やと》ったが、彼らは文句ばかり言う。

なんでも仕事量が多く、賃金もそれに見合っていないそうだ。今まで最低限の人数で屋《や》敷《しき》を管理させていたことが仇《あだ》となってしまった。

中でもマグリットの料理がとても美味《おい》しかったのだと今になって気づかされたのだ。

絶望に苛《さいな》まれている間にも追《お》い討《う》ちをかけるように王家から封筒《ふうとう》が届く。

王家の紋章《もんしょう》が押された蝋《ろう》をゆっくりと剝《は》がして、高級感のある紙を開いて読むとガノングルフ辺境伯の下にアデルではなく、マグリットが嫁いでいたことがバレていた。

いつかはバレると思っていたが、まさかこのタイミングだと思わずに手紙を持つ手が震《ふる》え出す。

不測の事態だったとはいえ何も知らせずにマグリットを嫁がせたことで、結果的に王命に背いてしまい、ベルファイン国王の期待を裏切ってしまった。

あの時はどうにかしなければと必死だったが、今になってことの重大さに気づいた。

そして本来ならば魔法《まほう》研究所に送らなければいけないマグリットの扱《あつか》いについて知られてしまったのかもしれないと思ったが、それを咎《とが》める内容ではない。

魔力《まりょく》なしが生まれたことを表に出したくない貴族も多い。隠《かく》せば罰《ばつ》を受ける。

それを隠し通せただけまだマシだと思うべきだろうか。今だけは余計なことを言わなかったマグリットを褒《ほ》めてやりたい。

社交界でもネファーシャル子爵家の噂《うわさ》が面白《おもしろ》おかしく広がっているらしい。もちろんいい噂ではない。

アデルが王命に従わずにオーウェンと駆け落ちして逃《に》げ帰《かえ》ってきたことや、侍女や料理人の扱いのひどさ。

恐《おそ》らくネファーシャル子爵家をやめていった侍女や料理人たちが言いふらしたのだろう。

今までで一番悪い労働環境《かんきょう》だと言われているようだ。

あまりにもお金がなく親戚《しんせき》中に金を借りて持っている宝石を売って生計を立て直そうとしていること、徴収《ちょうしゅう》する税が高くなりすぎたことで領民が大きく反発していることなども暴露《ばくろ》されていた。

そしてアデルと駆け落ちしたオーウェンも、当てつけのようにアデルの悪い噂を流している。


それからマグリットがいなくなってからというもの、ネファーシャル子爵領には雨が降り続いていた。

元々、雨が降りやすく作物が実りにくかったのだが、アデルが生まれてから空が晴《は》れ渡《わた》り、次第《しだい》に領も豊かになっていった。

だが今はアデルが生まれる前に戻ったようだ。雨が降り続いて作物は枯《か》れて、土砂《どしゃ》災害が起こる。

雨がまったくやまなくなったことを理由に、領民がどうにかしてくれと騒《さわ》ぎ出《だ》す。

一気に追《お》い詰《つ》められていく感覚。ここが現実かどうかを疑ってしまうほどだった。

（おかしいだろう⁉　アデルが生まれてから何もかも順調だったはずなのに……）

アデルの「もうこんな生活は嫌《いや》！」という喚《わめ》き声《ごえ》だけが屋敷内に響《ひび》き渡《わた》る。

屋敷では賃金と仕事が見合わないという理由でまた一人侍女がやめてしまった。

ストレスから腹が減り、料理人に食事を催促《さいそく》すると出された料理は昨日と似たようなメニューだ。

食材を贅沢《ぜいたく》に使い手間暇《てまひま》をかけたと言っているが、口には合わない。油が多く使われているのか最初は胃もたれしてしまったが今は食べられたらなんだっていい。

さらに金がなくなり焦《あせ》りと苛立《いらだ》ちが募《つの》る。

今日もネファーシャル子爵領には、しとしとと嫌な雨が降り続いている。

この空を見ていると昔の記憶《きおく》を思い出す。

自分が子どもの頃も父と母は雨に苦しめられて、いつも喧嘩《けんか》ばかりしていた。

他の貴族たちの前では豪華《ごうか》に着飾《きかざ》り、余裕《よゆう》のあるように振《ふ》る舞《ま》ってはいたが屋敷内には使用人もおらず自分たちで家事をする惨《みじ》めな生活を送っていた。

子爵でいられたのが奇跡《きせき》だろう。それを自分の代で子爵家の名誉《めいよ》を取り戻せたことに誇《ほこ》りを感じていたのに。

苛立ちをぶつけるようにテーブルを叩《たた》いた。親戚に金を借りながら使用人を雇うのはもう限界だ。

すぐにアデルに新しい婚約《こんやく》の申し出が来ると思っていたが、社交界であんな噂が広まっているのなら誰《だれ》からも連絡《れんらく》が来るはずがない。嫁ぎ先が見つからないどころか腫《は》れ物扱《ものあつか》い。

アデルにも魔法研究所から暫《しばら》く来なくていいと声が掛《か》かる。

マグリットを嫁がせて、王家に嘘《うそ》をついたことが尾《お》を引いているのかもしれない。

結界を張れる唯一《ゆいいつ》の魔法を持つアデルの特別感などすっかりと消え失《き う》せてしまった。

(このままではいけない。どうにかして元に戻さなければ……っ!)

ギリギリと歯を食いしばっていると、ふとあることを思いつく。

(元に戻す……つまりアデルがガノングルフ辺境伯に嫁げば何もかも元通りになるのではないか?)

この状況《じょうきょう》から抜《ぬ》け出《だ》したくて必死だった。急いでアデルと妻の下に向かうと、アデルが床《ゆか》にへタリ込んでいつものように泣き喚いている。

「もうこんな生活は嫌よ。どうにかしてよ、お父様っ!　頭がどうにかなりそうだわ」

しかしあまりにも悲惨《ひさん》な現状にこちらが泣きたい気分になる。

涙《なみだ》を流すアデルの肩《かた》を掴《つか》んで説得するように言った。

「アデル、よく聞け!　今からガノングルフ辺境伯の下に嫁げばいいんだ!　そうすればすべて元通りになる!　生活も地位もすべてだ」

「で、でもぉ……ガノングルフ辺境伯はとても恐ろしい人なのよ?　腐敗魔法《ふはいまほう》を使うなんて怖《こわ》くて近づけないわ」

「ならずっとこの生活を続けるしかないな。アデル、お前があの愚《おろ》かな男と駆け落ちしたことによって、結婚《けっこん》したいという令息は一人もいなくなった」

「え……?　なんで?　そんなの嫌、絶対に嫌よ!」

アデルはその言葉を聞いて取り乱している。

こうなる前は何をしていても可愛《かわい》いと思っていたアデルのわがままが今は無性《むしょう》に気に障《さわ》って仕方ない。

もしマグリットだったら……そう思ってしまう自分がもっと嫌だった。

「だがもう遅《おそ》いのかもしれない。我々は失墜《しっつい》して貴族としての信頼《しんらい》をなくし落ちぶれてしまう。ガノングルフ辺境伯はマグリットを気に入っている。このままマグリットは貴族になり、お前は平民になるんだ」

追い詰められたアデルがなんと言うのか、安易に想像することができる。

「そんなのおかしいわ！　本当はわたくしが嫁ぐ予定だったのにっ！」

「ああ、本来ならばアデルが嫁ぐはずだった。だがこのままではマグリットは我々よりもずっと贅沢な暮らしをしていくことだろう」

「……っ、わたくしがこんな目に遭《あ》うのも全部ぜんぶマグリットのせいよ！」

次第にアデルの怒《いか》りはマグリットへと移っていく。

「ガノングルフ辺境伯へ手紙を送ろう。本来ならば嫁ぐのはマグリットではなくアデルだったのだから。これで元通りになるはずだ」

「そうすればわたくしは元の生活に戻れるのね！　元に戻れる……そうすればこんな生活をしなくてもいいの」

アデルはブツブツと呟《つぶや》きながら考えを整理しているようだ。

今まで特別扱《とくべつあつか》いされていたアデルにとって、この生活や扱いは耐《た》え難《がた》い屈辱《くつじょく》らしい。

（マグリットはネファーシャル子爵家にいてもらわねばならない。あいつは使用人として役に立った……！）

どう考えたって、アデルの方がマグリットより何もかもが優《すぐ》れている。アデルを見ればガノングルフ辺境伯だって考えを変えるに違《ちが》いない。

そうすれば元通り。ネファーシャル子爵家の地位も回復するはずだ。

そしてマグリットが使用人として戻ってくれれば、新しく使用人を雇う必要はなくなり金がかからない。

（この計画は完璧《かんぺき》だ……！　こうすれば問題ないっ）

すぐに書斎《しょさい》に走り、ガノングルフ辺境伯に手紙を書いた。

一週間後——。

ガノングルフ辺境伯から返信がきた。

シンプルな封筒を開いて急いで紙を取り出す。そこにはまさかの返答が書かれていた。

それはアデルではなくマグリットを追い追い、妻にするつもりだという返事だった。

それどころかガノングルフ辺境伯はネファーシャル子爵家でマグリットが受けてきた扱いを知り、怒りを露《あら》わにしているではないか。

これ以上、マグリットを苦しめようとするならば許さない、そんな内容の手紙が届いたことに驚愕《きょうがく》した。

(マグリットめ……！　余計なことを言うなとあれほど言ったのに。アデルよりマグリットの方がいいなどありえるはずがない！)

手紙を思いきりテーブルに叩きつける。

そう思うのと同時に、自分たちもマグリットを心の底から欲《ほっ》しているという事実を手紙と共に握《にぎ》りつぶした。

(マグリットはこれからもネファーシャル子爵家で暮らさなければならない。そしてアデルはガノングルフ辺境伯の下に嫁ぎ、役目を果たさなければ……！　ネファーシャル子爵家の名誉のためにもっ)

頭の中は金と名誉のことでいっぱいだった。こんな惨めな貧乏暮《びんぼうぐ》らしはもうたくさんだ。

雨続きのためカビ臭《くさ》いシーツを畳《たた》みながら、妻が絡《から》まった髪《かみ》を結《ゆ》い直《なお》している。

屋敷の雨漏《あまも》りもひどいが補修する金もない。見栄《みえ》を張り、建《た》て替《か》えた豪華な屋敷が仇になってしまう。自分たちでやれることはやってはいるが、これでは理想の生活には程遠《ほどとお》い。

(ガノングルフ辺境伯はまだアデルと会っていない。アデルの美しさや力を知れば考えが変わるはずだ)

こうなったら強行手段を取るしかない。妻とアデルを呼んで自分の考えを話す。

「アデル、ガノングルフ辺境伯に会いに行くぞ！　お前の美貌《びぼう》と力を見せつけてやればアデルを選ぶに違いない」

「お父様、さすがだわ！」

喜ぶアデルとは違い、手紙を見た妻は心配そうに表情を曇《くも》らせた。そんな妻に向かって言い聞かせる。

「今までアデルのために我々がどれだけ金と時間をかけたか思い出してみろ！　絶対に大《だい》丈夫《じょうぶ》だ」

「そうよね……その通りだわ！」

もう後戻《あともど》りはできないとわかったのか力強く頷《うなず》いた。


その数日後、ガノングルフ辺境伯《へんきょうはくてい》邸に向かう日。

いつまで経っても準備が終わらないことを不思議に思い、アデルの部屋に向かった。

ベッドの上にはアデルのお気に入りのドレスが積み上がっている。

そして無理やりドレスに足を突《つ》っ込《こ》みながら引き上げる姿。妻は顔を真っ赤にしながらアデルにドレスを着せようとしている。

どうやら今まで着ていたドレスが入らなくなってしまい着られないようだ。

それを見て思い当たる節があった。下を見るとパッツパッツで今にも破れそうなズボンが目に入る。

不味《まず》くても食べなければと新しい料理人の贅沢な料理ばかり食べていたせいか服が窮《きゅう》屈《くつ》だと感じていた。

ここ最近、ストレスと現実逃避《とうひ》のためベッタリと甘いクッキーやマドレーヌをアデルと一緒《いっしょ》に食べていたせいで太ってしまったようだ。

妻は逆に食欲がなくなり痩《や》せ細《ほそ》ってしまった。ガサガサの唇《くちびる》や肌《はだ》、痩《こ》けた頬《ほお》を見ると胸が痛む。

苦しそうに顔を青くするアデルに無理やりドレスを着せてから、ガノングルフ辺境伯に渡す豪華なプレゼントを持ち、なんとか外へ。

この日のために雇った御者《ぎょしゃ》と共に、乗り心地《ごこち》は最悪だが見てくれだけは豪華な馬車に乗り込んだ。

(……必ずすべてを取り戻してやる！)


味噌《みそ》造りを始めて二週間。

マグリットがネファーシャル子爵家を出て一カ月半が経とうとしていた。

マグリットの目は寝不足《ねぶそく》で血走っている。

味噌と醤油《しょうゆ》を造るために麦麹《むぎこうじ》を造ることを夢見ていたマグリットだったが、なかなかうまく種麹を造ることができないでいた。

魔法の加減が難しいらしくイザックを毎日落ち込ませてしまっている。

しかしいくらマグリットが今日は休もうと提案してもイザックは「もう一度」と言って

毎日挑戦《ちょうせん》してくれた。

もう二週間もこの作業に付き合ってくれているのだ。

マグリットもうまく言葉で説明できないので申し訳ないと思いつつ、イザックに感謝していた。

どうにかマグリットの求めるものを再現しようと力をコントロールしているそうだが、腐敗《ふはい》させすぎてしまうことがほとんどだ。

イザックは今まで広範囲《こうはんい》で威力《いりょく》の強い魔法しか使ったことがなく、普段《ふだん》は力を限りなく小さく抑《おさ》えている。

そのため小さな範囲《はんい》に魔法をかけること自体、難しく感じてしまうそうだ。

マグリットがシシーの力を借りて麦を保温して一晩置き、様子を見てみると麦に様々な色のカビが生えていたり、そのまま萎《しぼ》んでいき真っ黒になったりと、一口に腐敗させると言っても色々な腐敗方法があるのだと感心した。

マイケルとシシーの協力もあり、毎日蒸《む》した麦を約十個ほどに小分けにして試《ため》してみるものの、思ったような反応が出ることはない。

そうして今日も通算百四十個目の麦の塊《かたまり》に魔法の力を込めてもらい、保温して発酵《はっこう》するのを待った。

次の日、布で包んでいる麦を開くと一つの塊に嗅《か》ぎ覚《おぼ》えのある麹の甘い香りがした。

マグリットは震える手で一塊を取る。

「これは……まさかっ！」

マグリットの驚《おどろ》く声にイザックがキッチンにやってくる。

「マグリット、成功したのか？」

「そうなんです、この百三十八番目の子が……！」

「ほう、これか」

「イザックさん、この百三十八番目にかけた魔法の感覚を覚えていますか？」

「ああ、きちんと覚えている」

麦には番号が振ってあり、イザックにはどんな加減で魔法をかけたのか毎回、なんとなく覚えてもらっていた。

その感覚を忘れないうちに下ごしらえをしていた大量の麦に魔法をかけてもらう。

それからシシーを呼んで保温作業を手伝ってもらった。

「マグリット、休まなくて大丈夫か？」

「はい、大丈夫です！　イザックさんのおかげでやっと成功できそうなんですから」

保温して湿度《しつど》の高い場所、地下にある食糧庫《しょくりょうこ》へと向かう。

二十時間ほど経過してから麦の状態を確認《かくにん》すると表面に白い点のようなものを確認することができた。

その瞬間《しゅんかん》、マグリットは跳び上がって喜んだ。

（あともう少し！）

それから麦の塊をほぐしていくと麹の甘い香りがしてマグリットは感激していた。

もう一踏《ひとふ》ん張《ば》りだと五、六時間待って、攪拌《かくはん》して、二十時間ほど再び保温する。

シシーが積極的に手伝ってくれたおかげで保温がうまくいった。

絶対に失敗したくない。そんな思いから丸二日、一時も気を緩《ゆる》めず世話を続けたマグリットが蓋《ふた》を開ければ栗《くり》のような香りが漂《ただよ》ってくる。

その瞬間、マグリットの瞳《ひとみ》からはポタポタと大量の涙が溢《あふ》れていた。

背後で様子を窺《うかが》っていたイザックが慌《あわ》ててマグリットに駆け寄る。

「ぐすっ……うぅ！」

「マグリット、どうした？　大丈夫かっ⁉」

「……イザックさん、どうしましょう」

「まさか失敗したのか？」

心配そうにこちらを見るイザックに向けてマグリットが首を横に振る。

そして腕《うで》で涙を拭《ぬぐ》ってから笑《え》みを浮かべた。

「成功したんです。だから嬉しすぎて……っ！」

麦麹が完成したことにマグリットは大号泣《ごうきゅう》しながら鼻水を啜《すす》る。

そして喜びのあまりイザックに抱《だ》きついて声を上げた。

「イザッグだぁん……ありがどぅ、ござひばずぅ！」

「マ、マグリット、落ち着け……！」

「イザッグッ、ざんの協力がなげればぁ……ごっ、ばぁ」

マグリットは涙と鼻水でぐちゃぐちゃになりながらもお礼を言う。

そんなマグリットの様子を見て、イザックは柔《やわ》らかく微笑《ほほえ》むとマグリットの頭をそっと撫《な》でた。

しかし潤《うる》んだ瞳でマグリットに見上げられ、そっと視線を逸《そ》らしたイザックの頬はほんのりと赤く染まる。

マグリットは涙で視界が歪《ゆが》んでいて、そんなイザックの表情に気づくこともない。

興奮冷めやらぬマグリットはイザックの手を掴んで自らの頬にそっと寄せる。

「この手は神の手ですね！」

「…………っ⁉」

「イザックさん、本当にありがとうございますっ！」

マグリットがスリスリとイザックの手のひらに擦《す》り寄《よ》っていると勢いよく引かれるイザックの腕。

マグリットからサッと熱が引いていき、すぐに冷静さを取り戻す。

「も、申し訳ありません！　嬉しさのあまり、つい……！」

「…………いや」

イザックが頬を赤らめているのを見ていたシシーとマイケルが彼を応援《おうえん》している。そん

なことを知るよしもないマグリットは俯《うつむ》きながら反省していた。

(興奮しすぎないように気をつけなくちゃ……でもやっぱり嬉しいっ)

その後もマグリットは麦麹ができたことに大喜びしていた。


次の日、マグリットはお給金で買った豆や塩、壺《つぼ》などをテーブルに並べる。

(準備できたわ……! 始めましょう)

マグリットはこの街で大豆に似ている豆を見つけていた。

これは輸入したものらしく、なかなか手に入らない珍《めずら》しいものだと言っていたので麦のように何度も失敗することはできない。豆を洗い水につけて煮《に》る。

煮た豆を潰《つぶ》してから麹と塩を混ぜ、それを団子状にして壺に詰めてから庭で見つけた大きな石を運んで重石《おもし》とする。

一仕事を終えて汗《あせ》を拭ったマグリットにイザックは珈琲《コーヒー》を淹《い》れてくれた。

部屋に漂う香《こう》ばしい香りに、マグリットはホッと息を吐《は》き出《だ》してからカップを受け取り苦味のある液体を口に含《ふく》む。

「これがマグリットが造りたかった調味料なのか? 随分《ずいぶん》と手が込んでいるようだが」

イザックの視線はマグリットが造った味噌へと送られている。

「はい、そうです。今の季節だと順調にいけば三カ月から六カ月後に完成すると思います」

「……っ⁉」

イザックは珈琲を噴《ふ》き出《だ》しそうになっているのか口を押さえながら、目を見開いていた。

そして咳《せ》き込《こ》んだ後に「三カ月から半年、だと？」と繰《く》り返《かえ》すように言った。

マグリットは頷きながら、味噌の入ったバケツを見つめる。

（やっとここまで辿《たど》り着《つ》いたのね……！）

何よりイザックが種麹を造る力加減を覚えたと言ってくれたので、次から種麹を量産できると思うとさらにワクワクする。

（次は米に代わるものが欲《ほ》しいわ。絶対に諦《あきら》めたくない。まだまだ造りたいものがたくさんあるんだもの！　それにこのまま醤油の下ごしらえもしないと）

今はまだ味噌の仕込みが終わったばかりだが、醤油を一から造るのはもっと時間がかかる。

（醤油を仕込むには今の時季がぴったりだわ！　すぐに取りかからないと）

醤油も造ろうと決意したマグリットは、シシーを手伝って屋敷の仕事を終わらせた後に醤油の元となる醤油麹を造るために動き出す。

豆と小麦を蒸したり炒《い》ったりして、醤油麹を造った後に塩水と混ぜ合わせる三日の間、イザックの気遣《きづか》いでマグリットは休みをもらっていた。

今日はシシーに仕事を代わってもらい、イザックと久しぶりに街に行く約束をしていた。

だが、屋敷をいくら捜《さが》してもイザックの姿がない。

庭仕事をしていたマイケルが「先ほど早馬が来たので馬小屋で手紙を読んでいるのでは？」と教えてくれた。

木に囲まれている小道を抜けていくと使っていない馬車が置いてある開けた場所と馬小屋があった。

マイケルの言う通りイザックはそこに立っていた。

そしてマグリットがイザックに声を掛けようとした時だった。

（イザックさん……もしかして怒《おこ》っているのかしら）

険しい表情で手紙を見ているイザックにマグリットは言葉を掛けることができなかった。

イザックの足元からは魔法の力が漏《も》れ出《で》ているのか周囲にある草木が枯れている。

（これが腐敗魔法の力……こんなに怒っているイザックさんは初めて見たわ）

震える手で手紙を持つイザックは、マグリットに気づいたのかこちらを振り向くと名前を呼んだ。

「マグリット……？」

そして自分の足元の状況に気がついたのだろう。

大きなため息を吐いたイザックは、悔《くや》しげに唇を噛んだ。

手紙を持っている反対側の手で髪をかいたイザックはマグリットの下に来る。

しかしその距離《きょり》はいつもよりも遠く感じた。

マグリットは表情が強張《こわば》っているイザックに声を掛けた。

「イザックさん、大丈夫ですか？」

「………すまない」

「その手紙は？」

イザックの感情を揺《ゆ》さぶるような、よくない内容が書かれていたのだろうか。

真っ白な封筒は強く握られて歪んでいる。

「手紙の返事はすぐに書かれますか？」

「……そうさせてもらってもいいだろうか」

「はい、もちろんです」

「マグリットは先に買い物をしていてくれ」

「わかりました」

イザックは街の人たちと打ち解けてからというもの、いつも街に行くのを楽しみにしていた。

彼の整った見た目が露わになってから、街の女性やおばさまたちに大人気だ。

だが、今は買い物どころではないのだろう。彼は早足で屋敷の中に戻っていく。

（イザックさん、大丈夫かな……？）

イザックを心配しつつ、マグリットは一人で街に向かう。

思《おも》い悩《なや》んでいたイザックが喜びそうなものと、日本食に使えそうな新たな食材を探すことにする。

ここ最近、マグリットは味噌や醬油造りのために屋敷にこもりきりだったことを思い出し、太陽がいつもより眩《まぶ》しく感じた。

（いつも街に行く時はイザックさんと一緒だったものね……）

楽しいはずの食材探しも買い物も、イザックが隣《となり》にいないとなんだか味気ない。

ネファーシャル子爵家では一人で買い物をするのが当たり前だったのに不思議な気分だ。

結局、イザックと合流できないままマグリットは屋敷に戻るために歩き出す。

前が見えないほどの大量の食材を持ちながらフラフラと屋敷に帰る途中《とちゅう》、ふと持っていた荷物が軽くなる。

隙間《すきま》から顔を出すとオリーブベージュの髪が見えた。

「もしかして、イザックさんですか……？」

「マグリット、大丈夫か？　遅くなってすまない」

「はい！　皆《みな》さん、イザックさんに会いたがっていましたよ」

「……そうか」

いつも通りのイザックに戻ったことに安心していた。

イザックはマグリットが持っている荷物を次々と手に取っていく。

手紙を書き終えたのか聞こうと唇を開くが、もしかしたら気に障ってしまうかもと口を閉じる。

「手紙の件はすまなかった」

「え……？」

「見苦しいところを見せてしまったな」

「いえ、大丈夫です」

マグリットが微笑むとイザックの口から出たのは信じられない言葉だった。

「手紙はネファーシャル子爵からだったんだ。アデルを嫁がせてマグリットを返せと……正しい形に戻したいと自分たちの希望が書かれていた」

「まさか……そんな！」

マグリットは耳を疑った。

今までまったく連絡がなかったのに、ここに来てのネファーシャル子爵家からの手紙。

まさか今になって連絡が来るとは思わなかった。

話を聞いてみるとマグリットの代わりにアデルを嫁がせたいとの内容だったそうだ。

そのことからわかることはただ一つ。

アデルは現実を知り、オーウェンと別れてネファーシャル子爵家に帰ってきたということなのだろう。

（やっぱりアデルお姉様の駆け落ちはうまくいかなかったのね）

ガノングルフ辺境伯領に王都や貴族たちの情報はなかなか入ってこない。

特定の貴族の情報となれば尚更《なおさら》だ。

マグリットの心臓はドキドキと音を立てていた。

ネファーシャル子爵は、アデルをガノングルフ辺境伯に嫁がせようとしている。

そうなればまたマグリットはネファーシャル子爵家に戻らなければならないのだろう。

(またあの家に戻るなんて、考えたくないわ)

マグリットは無意識に下唇を噛んだ。

もしここを離《はな》れることになってしまったら……そう考えるだけでゾッとする。

「この件は改めて兄上にも連絡するつもりだ」

「……！」

「それからマグリットを魔法研究所に向かわせるための準備をしている。ネファーシャル子爵家にもそろそろこのことを追及しなければと思っていたんだ」

イザックが兄上というのは、ベルファイン国王のことを指す。

いつも親しく接しているため忘れがちだが、イザックは王族でベルファイン国王の弟なのだ。

それに自ら使用人として雇ってくれと頼《たの》んでおいてなんだが、マグリットはアデルの身代わりとしてイザックの下に嫁いできたことを思い出す。

イザックはまだ書類を提出していないと言っていたので、正確にはマグリットとイザックは夫婦《ふうふ》ではない。

つまりイザックが書類一枚提出していればマグリットはイザックと夫婦になっていた。

(イザックさんと夫婦だったら楽しそうなのに……)

そう思う反面で、マグリットはイザックに釣《つ》り合《あ》わないとも思っていた。

それをネファーシャル子爵は知って、このようなことを言ってきたのだろうか。

（もしもアデルお姉様がイザックさんと夫婦になったら……？）

そう考えるとマグリットの胸がチクリと痛む。

もし自分ではなくアデルがここに嫁いできたら、イザックとこうして幸せに暮らしていたのだろうか。

（できるならわたしはここにいたい。イザックさんのそばに……ネファーシャル子爵家に戻るなんて絶対に嫌よ）

今が幸せすぎて居心地《いごこち》がいいから尚更、そう思うのかもしれない。

「安心しろ、マグリット」

イザックの言葉にマグリットは顔を上げる。

彼は荷物を一旦《いったん》地面に置くと、体を硬《かた》くしていたマグリットを優《やさ》しく抱きしめてくれた。

「もちろん断りの手紙を書いた。先ほどネファーシャル子爵家に手紙を届けるための早馬の準備を済ませたんだ。マグリットにはずっとここにいてほしい」

「イザックさん、ありがとうございます！」

マグリットを気遣い、こんなにも早く対応してくれたこと、それからマグリットにここにいてほしいとイザック自身がそう言ってくれたことが何よりも嬉しかった。

「つまりは、その……俺はこれからもマグリットと共にいたいとそう思っている」

イザックの温かい言葉に、マグリットの目にはじんわりと涙が浮かぶ。

「わたしもイザックさんと一緒にいたいです！」

「……マグリット」

イザックの大きな手のひらがそっとマグリットの頬を撫でた。

背の高いイザックを見上げるように見つめ合う。エメラルドグリーンの瞳は宝石のように美しい。

もしかしてこの居場所をアデルにとられてしまうかもしれないと弱気になったマグリットだったが、ここで諦めてしまうのはもったいない。

（それにまだ味噌と醬油が出来上がっていないわ！　彼らを見届けるまで何があってもここにいるんだからっ！）

マグリットは気合いも十分に、鼻息を吐き出した。

もしかしたらイザックと離れたくないと思ったのも、味噌と醬油のことがあったからかもしれない。

「俺はマグリットと結婚を……それにゆくゆくは……そのっ、夫婦に……」

「――だってまだまだ造っていない調味料がたくさんあるんですもの！」

イザックの言葉を遮《さえぎ》ってしまったような気がしてマグリットは問いかける。

「すみません！　今、何か言いましたか？」

「………。いや、なんでもない」

やはりイザックの言葉を遮ってしまったようだ。

マグリットが確認するように聞き返すが、イザックは「なんでもない」と首を横に振るだけだ。

「安心していい、と言いたかったんだ」

「……！」

「それにまだマグリットの夢を叶《かな》えている最中だからな」

イザックの言葉にマグリットは喜びを噛《か》み締《し》めていた。

「こんな風に夢を叶える手伝いをしてくれるイザックさんには感謝してもしきれません！」

「俺の力で調味料が造れるなど興味深いからな。どんなものが出来上がるのか最後まで見届けさせてもらおう」

そう言ってイザックは微笑んだ。

美しいイザックの端整《たんせい》な顔立ちに見惚《みと》れていると、遠くからシシーが食事ができたと知らせてくれた。

マグリットとイザックは荷物を持ち上げて一緒に屋敷に向かった。

三日後、マグリットは醤油諸味《もろみ》を二つの瓶《びん》にわけて入れる。

そして様子を見つつ瓶を振ってかき混ぜていき、違った場所に置いて発酵の進み具合を確認する。イザックが瓶を混ぜるマグリットを見ながら質問する。

「この不思議な液体が出来上がるまで、今度はどのくらいかかるんだ？」

「そうですね……醤油は八カ月から一年ほどはかかると思います！」

「一年、だと⁉ 長すぎないか？」

イザックの驚く声にマグリットは頷いた。

子どもの頃、祖母が味噌や醤油を仕込むのを見ている時に同じことを聞いて驚いたことを思い出す。

同時に時間や手間をかけた分、出来上がった時の喜びもひとしおであることも学んだ。

懐《なつ》かしい醤油の味を思い出すとよだれが止まらない。

（納豆《なっとう》や焼き魚に醤油を垂らして……あぁ、最高だわ）

味噌や醤油の完成を待っている間に、また新しい調味料が造れないかと考えていた。

「マグリットが造るものは不思議なものばかりだな」

「わたしは一年後にイザックさんと一緒に食べるのが楽しみです！」

「…………！」

イザックはマグリットの言葉に驚いているようだ。

何か変なことを言ってしまったか考えるものの特に思いつくこともない。

とりあえずは醤油と味噌がうまく出来上がるのを祈《いの》るのみだ。

温度計と感覚を頼《たよ》りに造っていかなければならないので、失敗があるかもしれない。

それに瓶を二つにわけて置く場所も変えている。

マグリットに転生してから覚えているうちにと書き込んだレシピ。

これのおかげで調味料の造り方を十年以上経っても思い出すことができた。

覚えている限り書き込んで、いつかのためにと似た食材を探しておいた甲斐《かい》があったというものだ。

（これからもイザックさんに手伝ってもらって色々な日本食を作ってみせるわ！）


それから一週間が経とうとしていた。

マグリットとシシーが晴れた空の下、洗濯物《せんたくもの》を干している。

「シシーさん、今日もよく晴れて洗濯物が乾《かわ》きそうですね！」

「そうですわねぇ……本来、この時季は嵐《あらし》がやってきてひどい雨になるのですが今年はどうしたものか」

マグリットは空を見上げた。青々とした空は今日も雲一つなく晴れ渡っている。

嵐が来ていないどころかマグリットがここに来てから雨が降ったのは夜中の間、つまりマグリットが寝《ね》ている時だけだった。

（朝起きたら地面が濡《ぬ》れていたことはあったけど……雨が降っていたことなんて）

マグリットが考えているとシシーはシーツを広げながら手際《てぎわ》よく物干し竿《ざお》にかけていく。

「ですが、漁をするための船が出せますから街の人たちも助かるでしょうね。この時季は嵐で船が出せずにいつも大変そうでしたわ」

「そうなのですか？」

「この時季は何日も嵐が続き屋敷から出られなかったりするんですけどね。だから普段なら食糧《しょくりょう》を溜《た》め込《こ》んで備蓄《びちく》するんです」

ガノングルフ辺境伯邸は海が見える丘《おか》に建っているため、海を見下ろすと船が何隻《せき》も漁に出ているのが見えた。

（そろそろ生で食べられる魚も探さないと。でもこの辺の魚は塩を振って焼くのが一番美味しいから……）

その時、マグリットの視界がぐにゃりと歪む。

目眩《めまい》が収まると、どっと疲《つか》れが出たような気がしてマグリットは短く息を吐き出した。

（……なんだか最近、体が重たい）

マグリットの額には汗がじんわりと滲《にじ》む。

この症状《しょうじょう》は昔からあり特に気にしてはいないが、今回は特にひどいような気がしていた。

時季はバラバラで、いつ来るかはわからないが疲れやすくなったり体が重たく動かし辛《づら》くなったりすることがあった。

眠《ねむ》ればよくなるのだが、その状態が何日も続くこともあれば、すぐに終わることもある。

やや体がだるいだけなので問題はないのだが、今日は我慢《がまん》できないほどの疲労《ひろう》感がマグリットを襲《おそ》う。

シシーがそんなマグリットに気がついたのか優しく声を掛けてくれた。

「マグリット様、なんだか顔色が悪いですわ。少し休んでください」

「でも……」

「あとは私がやっておきますから」

「シシーさん、ありがとうございます」

マグリットは迷ったがシシーに洗濯を任せて屋敷の中へと足を踏《ふ》み入れた。

もしかしたら味噌や醤油造りが一段落したことで、気が抜けてしまったのかもしれない。

シシーやマイケル、イザックにもあとはかき混ぜて待つだけだと伝えていた。

皆、出来上がりを楽しみにしてくれている。

（今日も醤油をかき混ぜて味噌の様子をチェックしに行かないと……でも、いつもより体が動かない。なんでだろう）

マグリットは自室に戻ろうとするが、地下の食糧庫に置いてある醤油の容器が気になり扉《とびら》を開けて下へと降りる。

ゆらゆらとかき回していると再びひどい疲労感に襲われた。

（風邪《かぜ》かしら？　夕食を作るまで少し休ませてもらいましょう……）

そう思い、食糧庫から出たマグリットは自室に戻ることができずに、這《は》うようにしてダイニングのテーブルへ。

うつ伏《ぶ》せになるようにして体を休ませるとすぐに瞼《まぶた》が落ちていく。

どのくらい休んでいたのだろうか。

マグリットが目を開けると外はすっかり暗くなっていた。

（しまった……！　外が真っ暗だわ。そんなに寝てしまったのかしら）

少しだけ休むつもりが長時間、眠ってしまっていたようだ。

ネファーシャル子爵家にいる時も何回か寝過《ねす》ごして、食事の準備が間に合わず怒られたことを思い出しながら慌てて体を起こす。

疲労感は少しよくなったが、体や頭は重たいままだ。

（まだ体調がよくならない……こんなこと初めてだわ。やっぱり風邪を引いてしまったのかしら）

時計を確認しようと慌てていたマグリットだったが、遠くから慌ただしい声と共に玄関《げんかん》の扉が閉まる音が聞こえて駆け出した。

玄関には髪や服がびしょ濡れになったシシーとマイケルの姿があった。

「シシーさん、マイケルさん！　大丈夫ですか……!?」

急いで体を拭《ふ》くための布を取りに向かう。

マグリットがシシーとマイケルに大きな布を渡すと二人は「助かりました」と言って受け取った。

「こんなに濡れて一体どうしたんですか？」

まるで池の中に落ちてしまったようだと思った。

窓の外を見るとどんよりとした曇り空だ。どうやら夜になったわけではないようだった。大雨が降った形跡《けいせき》があり、屋根からはポタポタと雫《しずく》が大量に垂れてくる。

急に変わった天気を見てマグリットは驚いた。

（さっきまでとてもいい天気だったのに……）

二人が布で髪や体を拭いている間、マグリットが天気を確認しようと玄関から顔を出す。

すると不思議なことに真っ暗な空には太陽が見え始めていた。

「急な大雨と強風に驚いて戻ってきたのですが、雨が止《や》んだようですわ」

「不思議な天気ですな。こんなことは初めてだ」

マグリットが扉を閉めて屋敷の中に戻ると、先ほどまで消えていた疲労感がまたじわじわとマグリットを苦しめる。

（あれ……なんだか気持ち悪い）

マグリットは壁《かべ》に手をついて胸元《むなもと》に触《ふ》れた。

視界がぐるりと回り、倒《たお》れてしまいそうになるのをなんとか踏ん張っていたが足の力が抜けていく。

「──マグリットッ⁉」

遠くからイザックの声が聞こえた。

うっすらと目を開くとオリーブベージュの髪が見える。

マグリットの体は床にぶつかる前にイザックが支えてくれたようだ。

「イ、ザック……さん？」

「マグリットッ！　今すぐに魔法を使うのをやめるんだ！」

「……？」

「これ以上、力を使うなっ！　魔力が尽きたら危険だぞっ」

ぼやけた視界の中でマグリットはイザックのエメラルドグリーンの瞳を見つめながら考えていた。

（魔法……？　魔法を使うのをやめろって、どういうことかしら。わたしは魔法を使えないはずじゃ……）

マグリットはネファーシャル子爵家に生まれたが貴族が持っているはずの魔法の力がなかった。

だからネファーシャル子爵家で『残りカス』の使用人として育てられたのだ。

それでもイザックはマグリットに魔法を使ってはいけないと必死に訴《うった》えかけている。

「聞こえるか!?　マグリット、しっかりしろっ！」

アデルは魔法や社交界のマナーについて学んでいたがマグリットは幼少期に少しだけしか触れていない。

もし仮に魔法を使えるようになっていたとしても、魔法を使うことをやめる方法などわかるはずもない。

『ごめんなさい、わかりません』

そう言いたいのにマグリットの唇はわずかに開くだけで言葉が出てこない。

自分の体の感覚がどんどんとなくなって冷たくなっていく。

マグリットは恐怖《きょうふ》を感じていた。

「……すまないっ！」

イザックのそんな言葉と共に唇には柔らかい感触《かんしょく》が。

体の中に温かい何かが流れてくる不思議な感覚に包まれる。

(これは……夢？　とても安心する)

ふわりと体が浮く感覚がしてマグリットは意識を手放した。


マグリットの目の前には味噌を仕込んだ壺と醤油を入れた瓶が並んでいる。

まだまだ時間はかかるが、ここまで辿り着けたことに感激していた。

(味噌汁に味噌炒《いた》め、魚の味噌煮《に》に味噌和《あ》え、お刺身《さしみ》に魚の照り焼きに煮物も……ああ、早く熟成されないかしら)

何故《なぜ》かプカプカと浮いている味噌と醤油が、マグリットの周りを回っている。

次の瞬間……味噌が入っていた壺がひっくり返り、醤油の瓶の蓋が取れて逆さまになってしまう。

そのまま味噌と醤油がこぼれ落ちていくではないか。

マグリットがいくら手を伸《の》ばしても止められない。

無残に床に広がっていく味噌と醤油を見て息が止まった。

マグリットは震える手で頭を抱えて膝《ひざ》をつく。

心の声が口から飛び出した。

「――イヤアァァァァッ！　味噌と醤油だけはっ！」

そう叫《さけ》んだ瞬間、視界が真っ白になった。


マグリットが瞼を開くと、自分の手のひらが見えた。

荒《あら》く呼吸を繰り返していたマグリットは汗ばむ手を握りしめる。

（味噌と醤油は⁉　無事だと言って……！）

先ほど目の前にあったはずの味噌や醤油はなくなり、見慣れない真っ白な天井《てんじょう》があった。

マグリットが辺りを見回すと、サイドテーブルには紙がたくさん積み上がっているではないか。

前世でよく見た病院のような雰囲気《ふんいき》だ。

真っ白な部屋に真っ白な服。この場所は一体どこなのだろうか。

（あれ……わたしはどうしてここに？）

マグリットが眉《まゆ》を顰《ひそ》めながら上半身を起こすと、複数の足音が遠くから聞こえてきた。

足音が止まると扉をノックする音がし、マグリットは「はい」と返事をする。

扉が勢いよく開くと、焦った様子のイザックの姿が見えた。

その背後には白衣を着た複数の人たち。

ここがガノングルフ辺境伯領にある屋敷でないことは明らかだった。

（……イザックさんはいるけど、シシーさんやマイケルさんはどこに？）

キョトンとしているマグリットとは違い、イザックが心配そうにこちらに駆け寄ってくる。

「マグリット、大丈夫か⁉　体は？　体調はどうだ⁉」

「体調、ですか？　なんだか疲れが取れたような気もしますが……」

それを聞いたイザックは安心したように息を吐き出している。

「もしかして、寝過ごしてしまいましたか？」

マグリットはシシーとマイケルに布を渡した後の記憶が曖昧《あいまい》だった。

「叫び声が聞こえたから何があったかと思い来てみたが……無事でよかった」

「ここはどこでしょうか？　何故、イザックさんが？」

「……何から説明したらいいか」

イザックの曇った表情を見て、マグリットの顔は青ざめていく。

（ま、まさか……さっき夢で見たのと同じで味噌と醬油に何かあったの⁉）

あそこまで手間暇かけた味噌と醬油がなくなってしまったら、マグリットは正気ではいられない。

彼の横から白衣を着た女性が一歩前に出て「マグリット様は一日中、眠っていたのですよ」と諭《さと》すように言った。その後ろに二、三人同じ格好をした人たちがいる。

それを聞いたマグリットは震えが止まらなくなる。

そして目の前にいるイザックの腕を手に取ると叫ぶように問いかける。

「ど、どうしましょう！　醬油は毎日かき混ぜないといけないのに！　味噌もカビが生えてしまったら……！」

マグリットは慌ててベッドから降りて、部屋から出ようとするが白衣を着た女性に止められてしまう。

頭の中が味噌と醬油のことでいっぱいだったマグリットは「もう元気ですから、醬油のところへ行かせてくださいっ！」と言って女性を説得していた。

白衣を着た女性や男性は「ショウユとは？」と言いながら困惑《こんわく》している。

「はは……マグリットらしいな」

イザックはホッと息を吐き出した後に近くにあった椅子《いす》に腰掛《こしか》けてから額を押さえた。

そして衝撃的《しょうげきてき》な事実を口にする。

「マグリット、ここは王都だ」

「………はい⁉」

「すまないが、醤油をかき混ぜることは諦めてくれ」

イザックから告げられる醤油の未来。マグリットはヘナヘナとその場に座り込む。

何故、ガノングルフ辺境伯領にいたはずのマグリットが王都にいるのかはわからない。

だけど醤油の瓶をかき混ぜることができないことは理解した。

イザックが力が抜けたマグリットを抱えるようにしてベッドに戻す。

呆然《ぼうぜん》としているマグリットの前にイザックは跪《ひざまず》いた。そして項垂《うなだ》れているマグリットの手を握る。

イザック自らマグリットに触れているのを見て、周囲が唖然《あぜん》としていることにも気づかず、マグリットは顔を上げて涙目《なみだめ》でイザックの顔を見た。

「マグリット、醤油は残念だが味噌は無事なのだろう？」

「……はい。カビなどが生えなければたぶん大丈夫だと思いますけど」

イザックはマグリットの頭を優しく撫でて励《はげ》ましてくれる。

彼に気を遣《つか》わせたままではいけないとマグリットはヘラリと笑みを浮かべた。

「俺はいつでも手伝うから、そんなに落ち込まないでくれ」

「…………はい」

「まだまだ造りたいものがたくさんあると言っていただろう？　新しいことにも挑戦しよう」

「……ほ、本当ですかっ⁉」

「ああ、もちろんだ。俺の力が役に立つのなら何度でも協力する」

その言葉にマグリットはイザックの手を包み込むように握った。

絶望感に澱《よど》んでいたマグリットの瞳が輝《かがや》きを取り戻す。

イザックが協力してくれるのは醤油と味噌だけだと思っていたマグリットにとっては朗報である。

（つまり、ぬか漬《づ》けや塩麹も造ってもいいということ？　そういうことなのね……！）

醤油がダメになってしまうことを知り、絶望していたマグリットの気分はすっかり上向きだ。

イザックの希望に満ち溢れた言葉に感動して彼の手をブンブンと振りながら喜ぶ。

「イザックさん、嬉しいですっ！　ありがとうございます。とても元気が出ました！」

「ああ」

「イザックさんは、わたしの夢を叶えられる唯一の存在ですから！」

「……大袈裟《おおげさ》だ」

「大袈裟なんてとんでもありません！」

マグリットがイザックの手に感謝を込めて頰擦《ほおず》りしていると、その場にいた白衣を着た人たちは大きく目を見開いて呆然としていた。

その中の一人、眼鏡をかけたもさもさのダークブラウンの髪色をした男性が楽しげに唇を歪めている。

くつくつと喉《のど》を鳴らしながらマグリットとイザックの前に出てきた。

「はじめまして、僕はここの魔法研究所の責任者のローガン・リダだ」

「魔法、研究所……？」

マグリットは首を傾《かし》げる。

アデルが通っていた魔法研究所が王都にあることはマグリットも知っていた。

だけどマグリットはガノングルフ辺境伯領にいたはずで、王都までは馬車で丸三日ほどはかかる。

それは王都にあるネファーシャル子爵家からガノングルフ辺境伯領に移動したことのあるマグリットが一番よく知っている。

「イザックが一日中、馬を走らせて君をここまで運んできた時は何事かと思ったけど無事に目覚めてよかったよ」

「イザックさんがわたしを運んだ……？」

「ああ、君はイザックに救われたんだ」

マグリットがイザックを見ると目を伏《ふ》せながら気まずそうに頬をかいている。

だがイザックはマグリットを何から救い出してくれたのだろうか。

「君がここに着いた時、深刻な魔力切れを起こしていて大変だった。イザックが君に魔力を補給しながら、ここまで連れてきたんだ。手遅《ておく》れにならなくて本当によかったね」

「まっ、魔力切れ……？　わたしがですか⁉」

「うん、そうだよ」

「ありえません！　だって……！」

マグリットは魔法の力がないから使用人として生きてきた。

ずっとそう思って暮らしてきたし、現にマグリットに魔法を使った覚えはない。

「この部屋にいればとりあえずは安心だよ。魔力のコントロールができないうちは外に出ない方がいい」

「あの、待ってください！」

淡々《たんたん》と説明するローガンにマグリットの頭は混乱していた。

そもそもマグリットが魔法を使える前提で話していること自体がおかしいのだ。

「ど、どういうことでしょうか？　わたしは魔法を使えないはずじゃ……」

「ふむ。君には一から説明しないといけないようだね」

いまいち話が見えない中、不安からイザックの手を握りしめた。

イザックも握り返してくれたので、マグリットはローガンの話を聞くために耳を傾《かたむ》ける。

「君の魔法は間違《まちが》いなく天候に関するものだろう」

「天候……ですか？」

「そうだよ」

マグリットは天候と言われて、思わず上を見上げた。

天候とは天気のことだとわかるが、そんな魔法属性は聞いたことも見たこともない。

「マグリットが寝ている間にイザックから話を聞いた。それから色々と仮説を立てつつ、ネファーシャル子爵領の様子について遡《さかのぼ》って調べてみたんだ。あの土地は元々水害をもたらす雨が降りやすく天気が不安定だったにもかかわらず、マグリットが生まれてからは徐々《じょじょ》に天気が安定し始めた。そして最近の様子を見てみるとマグリットがイザックの下に身を寄せてからは雨が降り続いてるじゃないか！　王家に提出された報告書を見るとネファーシャル子爵領の状況は十六年前に戻りつつあることがわかるんだよっ！」

ローガンが興奮気味に語っているが、早口すぎて内容がまったく耳に入ってこない。

「………えっと」

「それにガノングルフ辺境伯領もこの時季は本来嵐が頻繁《ひんぱん》にやってくるはずだろう？　それなのに今年はずっと晴れていた。そこまで聞くと答えはすぐに出るだろう？」

マグリットは結局のところローガンが何を言いたいのかわからないまま、とりあえず頷いていた。

イザックがローガンに簡潔にまとめるように言うと、ローガンがぐしゃぐしゃの頭をかいた。

彼が考え込んでいる間、イザックはマグリットにローガンが昔からの知り合いだと説明してくれた。

「要はマグリットは天気を操《あやつ》る、晴天にさせる魔法が使えるということさ！」

「……わたしが天気を操る⁉」

「だが今は無意識に力を垂れ流している状態だ。きっとネファーシャル子爵家でも幼い頃から無意識に力を使っていたんだろう。そうしてガノングルフ辺境伯領では嵐を晴らすために力を使いすぎてしまったんだ」

ローガンの話をマグリットは信じられない気持ちで聞いていた。

ふと倒れる前にシシーと洗濯物の話をしていたことが頭を過《よぎ》る。

『そうですわねぇ……本来、この時季は嵐がやってきてひどい雨になるのですが』

『この時季は何日も嵐が続き屋敷から出られなかったりするんですけどね。だから普段なら食糧を溜め込んで備蓄するんです』

本当に嵐をマグリットが晴らしていたのだろうか。

ふとネファーシャル子爵がアデルが生まれたおかげで、ネファーシャル子爵領の天気が安定したと言っていたことを思い出す。

（アデルお姉様ではなく、わたしの魔法の力だったの？）

マグリットは、ローガンの説明を聞き終える頃には放心状態になっていた。

この部屋は特殊《とくしゅ》な素材で作られていて、ここにいる限りは外に魔法を通さないので大丈夫なのだそうだ。魔力が暴走してしまう人のために作られた部屋らしい。

（そんな、信じられない……！）

イザックから手を離すと、マグリットは自分の手のひらを握ったり開いたりを繰り返してみる。

するとマグリットは両手を掴まれてしまう。

顔を上げるとローガンがマグリットの手を包み込むように握っていた。

「こ、これは今までにない未知の力だ！　なんて素晴《すば》らしいんだ！　これほどまでに強い力を見たことがない。イザックにも匹敵《ひってき》する力だよ！　いや〜、やはり魔法は素晴らしいね。マグリットもそう思わないかい？」

ローガンが眼前に迫《せま》ってきたことで、マグリットは背を仰《の》け反《ぞ》らせた。

しかしイザックがすぐに間に入ってローガンを止める。

そして、そのますますごい勢いで反対側の壁まで吹《ふ》っ飛《と》んでいくローガンにマグリットは口元を押さえた。

ドンッという重たい音と共にひっくり返ったローガンは「いたたた……」と言って、頭を押さえてからすぐに起き上がる。

そして何事もなかったかのように立ち上がると、ヘラヘラと笑いながらこちらに歩いてくるではないか。

「イザック、嫉妬《しっと》はよくないよ〜」

「……ローガン、お前」

「まさかあのイザックがこんな風になるなんて驚きだよねぇ。いくらマグリットのことが大好……ブフォッ！」

今度はローガンの口元を塞《ふさ》ぐようにイザックが片手で鷲摑《わしづか》みにして体を持ち上げた。

他の研究員が慌てる中、ローガンは「むごご、むごむごー」と言いつつも身振《みぶ》り手振《てぶ》りで何かを訴えかけている。

「あ、あの……イザックさん。ローガン様が大変なことに」

「マグリット、こいつは危険だ。近づかない方がいい」

「でも、苦しそうですし……」

イザックは今までにないほどに不機嫌《ふきげん》になっている。

しかしマグリットが心配そうにローガンを見ていると、イザックがゆっくりと手を離していく。

「ローガン様、大丈夫ですか？」

「……ん？　ああ、心配ありがとう。いつものことだから気にしなくていいよ」

「マグリット、ローガンと必要以上に話すな」

「は、はい！」

「ひどいなぁ、イザックと僕の仲じゃないか！」

あれだけの衝撃を受けておきながら、平然としているローガンはタフだ。

イザックもローガンには容赦《ようしゃ》がない。彼は昔からの知り合いと言っていたが、それだけ仲がいいということだろうか。

ローガンは斜《なな》めになった黒縁《くろぶち》眼鏡を掛け直して説明を再開する。

「とりあえず、あと数日この部屋で過ごしてマグリットの魔力が戻れば問題はないよ」

「……ということは、わたしの体調が戻ればガノングルフ辺境伯領に帰れるんですよね？」

「……！」

マグリットの言葉を聞いてローガンがイザックに何かを訴えかけるように見つめている。

他の研究員にも、あれだけ恐れられているイザックと親しげに接しているマグリットが只者《ただもの》ではないことが十分に伝わっている。

そしてマグリットがガノングルフ辺境伯領に帰りたいと思っていることに、イザックが密《ひそ》かに喜んでいるとも知らずにマグリットはあることで頭がいっぱいだった。

（味噌、醤油、味噌、醤油、味噌、醤油、味噌、醤油……ッ！）

マグリットは早くガノングルフ辺境伯領に帰りたくて仕方がなかった。

何故なら味噌と醤油が待っているからだ。

味は落ちてしまうかもしれないが、醤油はまだ無事かもしれない。

しかしローガンから返ってきたのは予想外の言葉だった。

「うーん、君を今ガノングルフ辺境伯領に帰すわけにはいかないよ」

「ど、どうしてですか!?」

「魔力のコントロール法を習得しないと、また同じことの繰り返しになってしまうからね」

「魔力のコントロール法、ですか?」

「まずは自分に魔力がない、魔法が使えないという思い込みもやめなければならないね。君の生《お》い立《た》ちはイザックから簡単に説明を受けている。それと……ネファーシャル子爵が国が定めたルールを守らなかったこともね」

今までにこやかに笑っていたローガンの雰囲気が厳しいものに変わる。

もしマグリットが早い段階で研究所に来ていれば、使用人ではなく貴族の令嬢《れいじょう》としての別の未来があったかもしれないと語った。

「今まで辛《つら》かったね」

「……はい」

ローガンがマグリットの頭を撫でようとした時だった。

――パシッ。

イザックがローガンの腕を弾《はじ》くとマグリットを守るように手を伸ばす。

「ふふ。イザックがここまで執着《しゅうちゃく》するなんて、君は本当にいろんな意味で逸材《いつざい》だよ」

ローガンは手をパチパチと叩いて喜んでいるが、マグリットは何故逸材と言われているのかまったくわからない。

「これ以上はイザックに怒られてしまうね」

ローガンはマグリットから一歩後ろに下がって距離を取る。

「マグリットはここに留まって魔力のコントロール法を学んだ方がいい。今、この状態でガノングルフ辺境伯領に戻るのは危険なんだよ。強大な力にはリスクが伴《ともな》うものだ。何より魔力をコントロールしなければ君の身が持たない」

「……はい」

マグリットは顔を伏せて頷くしかなかった。

ローガンがマグリットを心配して言っていることはわかるが、できるならばガノングルフ辺境伯領に帰りたい。

それにマグリットにも譲《ゆず》れないものがある。

「ローガン様、この力は人に害を及《およ》ぼすことはないのですよね？」

「ああ、そうだね。今のところは空だけのようだね」

「つまり……わたしが魔力をコントロールできたら帰ってもいいということでしょうか？」

「まぁ、そういうことにはなるけど、そんなに簡単じゃないよ？」

マグリットが魔力のコントロール法を会得《えとく》しなければ帰れないのなら、今からやるべきことはただ一つ。

「なら、なるべく早く魔力のコントロール法を身につけてガノングルフ辺境伯領に帰ります！」

「……マグリット」

「どうしても帰りたいんですっ！」

熱意あるマグリットの言葉を聞いてイザックはマグリットを援護《えんご》するように口を開く。

「マグリットがある程度の魔力のコントロール法を身につけたら、あとは俺がガノングルフ辺境伯領でマグリットに教えよう」

「イザックが？」

「イザックさん……！　ありがとうございますっ」

ローガンは唸《うな》りつつも腕を組んで考えている。そしてイザックの提案に頷いた。

「わかった。マグリットがその方法を身につけることができたらそれで構わないよ。だけどマグリットの力はとても貴重で珍しい。前例もないから、こちらも調べたいんだ。わざわざ辺境からこちらに来るのは面倒《めんどう》だと思うけど、月に一度は必ず魔法研究所に来てほしい」

「……！」

「でなければその条件は呑《の》めない。マグリットの力が不安定なままでは帰せない。安全面を考えてのことだ。その強大な力を毎日観察したいし、本当ならどうにかして圧力をかけるところだけど……」

「…………」

「イザックの顔がとても怖いからやめておくよ！」

マグリットはローガンの言葉に何度も頷いた。

これでもだいぶ譲歩《じょうほ》してくれたのだと理解したからだ。するとイザックが口を開く。

「なら、俺もマグリットと共にここに通おう」

「それはそれは……！　国王陛下がお喜びになりますね。すぐに報告しなければ」

ニヤリと笑ったローガンにイザックは苦い表情を浮かべた。

ローガンはイザックを気にすることなく、マグリットに耳打ちするように手のひらを当てて唇を寄せる。

「マグリットを運んできたイザックは、まるで絵本に出てくる王子様のようで……」

「……ローガン！」

「僕もね、イザックとは長いけど、こんな彼は初めて見たよ。それに魔力不足のマグリットに……」

「ローガン、それ以上マグリットに余計なことを言えば………溶《と》かすぞ？」

「わははっ、イザックは怖いねぇ！　新しい力なら是非《ぜひ》見せておくれ！」

「はぁ……」

余裕の表情で頰を押さえながら、腰《こし》をくねくねと動かしているローガンを見て、イザックは深いため息を吐《つ》いている。

（イザックさんが魔力不足のわたしを助けるために一日中馬を走らせてくれたのよね。改めてお礼をしなくちゃ……！）

マグリットを抱えて王都まで必死に馬を走らせ続けてくれたイザックのおかげで命拾いしたようだ。

必死にマグリットの名前を呼ぶイザックの声を思い出しながらも、そっと自らの唇に触れる。

(気のせい……よね?)

イザックにお礼を言おうとしたマグリットのお腹《なか》から、グーッと大きな音が鳴った。

すると、女性研究員がマグリットのために食事を運んできてくれた。

軽食をとった後すぐにマグリットは、魔力のコントロール訓練を受けることになった。

イザックがガノングルフ辺境伯領に帰るまで、今日含めて三日だそうだ。

馬車で帰る時間も含めればそうなるだろう。行きに一日かかり、マグリットは魔法研究所で丸一日寝ていた。そして今日含めて三日で魔力コントロールを習得する。

急ぎつつも二日ほどかけてガノングルフ辺境伯領へと帰って一週間だ。

辺境を守る使命や、急に出てきてしまったためそれ以上は空けられないそうだ。

イザックはベルファイン国王にマグリットのことを伝えるついでに、イザックに会いに来た前国王や王太后に久しぶりに顔を見せに行くと言ってマグリットの頭を撫でて去って行った。

ローガンに絶対にマグリットに触《さわ》るなと念を押して……。

部屋の中にはニヤニヤしながらイザックを見送っているローガンと女性研究員の姿。

気合い十分で魔力のコントロール訓練を受けようとしたマグリットだったが、何故かローガンから椅子に座るように促《うなが》された。

今から何をするのか……マグリットが緊張《きんちょう》しているとローガンは近くにあったテーブルから本を取りマグリットに渡した。

「まずは基礎《きそ》からだね。自分の体にある魔力を感じることから始めよう。今のマグリットは、起きている間は常に魔法を使い続けている状態だ。それをコントロールして抑えていかなければならない」

「は、はい！」

「本来は子どもの時に学ぶべきことなんだけど逆に垂れ流しにし続けたことで、ここまで魔力が大きくなったのかもしれない。イザックとは違うパターンだな。色々な考察ができるね」

ローガンはマグリットを前にブツブツと呟いて高速でメモをするための手を動かしながらも、初歩的な魔法の使い方が載《の》っている本を使ってわかりやすく教えてくれた。

そのおかげもあってマグリットも数時間で魔法の仕組みを理解することができた。

子どもでもできることなので実践《じっせん》するのは簡単だったが、今まで当たり前のように出していたものを抑えることに違和感《いわかん》しかない。

（な、なんか体の中にモヤモヤが溜まっていく感じがして、気持ち悪い……っ！）

ローガンが言うには膨大《ぼうだい》な魔力を内に留《とど》めておくのはかなりの精神力が必要になるそうだ。マグリットは彼に言われた通り、踏ん張りつつも魔力を抑えた。

「うぅ……！」

「ふむ、やはりイザックと同等の魔力量だと見て間違いなさそうだね。目を覚ましている間、垂れ流し続けたせいで魔力を感じなかったようだけど。目に見えない魔法だから魔力なしと判断されたのか」

「こ、こんな状態で日常生活を過ごせる自信がありません！」

「んー……この分野になってくると、僕よりもイザックの方が適任かもしれないね」

ローガンはマグリットの様子を手早く紙に書き込んでいく。

先ほどまでのふざけた態度とは一転して、その表情は真剣《しんけん》だ。

（魔力を抑え込むのってこんなに大変なのね……！）

ネファーシャル子爵たちやアデルはこんなに苦労している様子はなかった。

ローガンにそう言うと「マグリットとイザックが規格外なだけで本来はこんなに苦労しないんだよ」と、涼《すず》しい顔で言っているではないか。

気を抜くと、膜《まく》に包まれているものが弾け飛んでしまいそうになる。

マグリットが顔を真っ赤にして、なんとか魔力が漏れないように耐えているとローガンがイザックの話をしてくれた。

「前の魔法研究所の所長から聞いたんだけどね、イザックは幼少期から、かなり強い力を持っていたからコントロールするのが大変で、今のマグリットのように力を押さえつけようとしてよく暴発していたそうなんだ」

「……！」

イザックの過去の話を初めて聞いたマグリットは驚いた。この状態を維持《いじ》するのは並大《なみたい》抵《てい》の苦労ではないとわかる。子どもなら尚更、我慢することは難しいのではないだろうか。

イザックは幼少期から膨大な魔力を抑え込まなければならず、万が一漏れ出てしまえば、周りのものを腐敗させてしまう。

イザックが何かに触れたりすることに臆病《おくびょう》だったのは、こんな理由があったのだと思った。

マグリットは天候に影響《えいきょう》を与《あた》える力のため実害はない。だけどそれが腐敗させてしまう魔法となれば、周囲に与える影響は大きかったのだろう。

(だからイザックさんは、あんなに気を遣っていたのね)

マグリットと初めて会った時のことや自信がないイザックの発言、領民たちが自分を恐れているに違いないと配慮《はいりょ》していたことを思い出す。

「本来ならば三日でコントロールできるようなものじゃないんだよ。順調にいっても一週間がいいところじゃないかな」

ローガンにそう言われると弱気になりそうになるが、マグリットには長年、叶えたかった夢がある。

それはこの世界で日本食を食べるということだ。

そしてガノングルフ辺境伯邸にはマグリットとイザックが協力して造り上げている味噌と醤油があるではないか。

マグリットは屋敷に置いてきた味噌と醤油が気になって仕方ない。

(記憶が戻ってから、わたしは日本食を食べることを目的に生きてきたのよ。こんなことで諦めてたまるもんですかっ!)

三日で魔力のコントロールを身につけろと言われたらやるしかないのだ。

「——やりますっ!」

「え……?」

「味噌と醤油のためなら、三日で魔力をコントロールしてみせますから!」

「ミソト、ショウユ?」

「わたしの長年の夢なんです!」

マグリットは味噌と醤油という調味料があり、それをイザックと共に二週間かけて仕込んだことを興奮気味に話した。これにはローガンも興味深そうにしている。

「是非、僕も食べてみたいな! マグリットとイザックが造り上げたミソとショウユという調味料を」

「はい! 味噌は早くても三カ月から半年後、醤油は一年後には出来上がりますので」

「わお……! 随分と長い期間かかるんだね」

「イザックさんの魔法の力を借りなければできない貴重な調味料なんです!」

目を輝かせるローガンに味噌と醤油の魅力《みりょく》を語っていく。

興味津々《きょうみしんしん》で話を聞いていたローガンだったが、少し声が低くなる。

「マグリットはイザックの力を怖いとは思わなかったの？」

「え……？」

その質問と共にローガンの手がマグリットの頰にそっと触れる。

しかしマグリットは初めから『腐敗魔法を使えば日本食が作れるかもしれない』という理由でイザックに近づいたため、腐敗魔法に対して恐怖心を抱いたことはなかった。

最初は従者と思い込んで、一カ月ほど普通《ふつう》に生活を共にしたのも今ではいい思い出である。

「わたしが下心いっぱいでイザックさんの下へ行ったので」

「……下心？」

「はい、味噌や醤油を造りたいと思って。だからイザックさんのことを怖いと思ったことは一度もありません。むしろとても優しくて親切で、周りのことを考えてくださる素晴らしい方ですよ！」

マグリットの言葉を聞いてローガンは優しい笑みを浮かべた。

「そうか……そうなんだね」

「はい！」

「……ありがとう、マグリット」

ローガンはそう言うと、汗で額に張りついたマグリットの髪をそっと指で取ってくれた。

彼はイザックを心配していたのだろうと思った時だった。

「──ローガンッ！」

「げっ……！」

タイミングよく扉が開くと、そこには先ほどベルファイン国王や前国王たちに会いに行ったはずのイザックの姿があった。

「マグリットに絶対に触るなと言ったはずだが？」

「いやぁ……あまりにも素直《すなお》でいい子だから可愛くなっちゃってさ〜」

「…………触るな」

怒りを露わにするイザックだったが、マグリットはローガンのイザックを想《おも》う気持ちが伝わったからか、彼を庇《かば》うように腕を広げた。

「イザックさん、ローガン様はとてもいい方なので怒らないでください！」

マグリットがローガンを庇うと何故かはわからないがイザックはかなりのショックを受けたようだ。

ローガンはマグリットの背後でニヤニヤと笑いながらイザックを見ていた。

マグリットは魔力のコントロール法について質問するため、イザックに問いかける。

（イザックさんに聞けば何かコツを摑めるかもしれないわ！）

マグリットが今の状況について話していくと、イザックは自分の経験を元に丁寧《ていねい》に説明してくれた。

体内に溜まっていく魔力が暴発しないように、どう流せばいいのかコツを教えてくれる。

そのおかげかマグリットはさっきよりも魔力をコントロールする感覚を摑めたような気がした。

イザックのおかげで前向きになれたマグリットは、その後も懸命《けんめい》に魔力を抑えながら練習を繰り返した。

そうしてローガンにそろそろ休憩《きゅうけい》した方がいいと言われた時には、もう日が落ちていた。

今日の訓練はここまでだと言われて、マグリットはホッと息を吐き出す。

魔力が回復したことや、力を多少なりとも解放しても害はないため大丈夫だろうと判断され、部屋から出ることが許可された。何かあってもすぐにローガンが対応してくれるそうだ。

汗を拭っていると部屋の外で待っていたイザックに夕食に誘《さそ》われて、部屋を出た。

長い廊下《ろうか》を抜けるとそこには豪華な装飾《そうしょく》が施《ほどこ》された壁と天井が。

どうやら魔法研究所とベルファイン城は長い廊下で繋《つな》がっているらしい。

まるで映画の中に入り込んだようだと思った。

マグリットが辺りをキョロキョロと見回している横で、イザックは慣れた様子で真紅《しんく》のカーペットの上を歩いていく。

大きな扉の前に着くと、男性が深々とお辞儀《じぎ》をしてから扉を開く。

絵画でしか見たことがない長いテーブルにシャンデリア。

美しい花や食器よりも豪華な装飾品の数々に目を奪《うば》われる。

イザックは椅子が引かれるのを待ってから慣れた様子で席に着く。マグリットも慌ててイザックの真似《まね》をしながら椅子に腰掛けた。

イザックと一緒にいると忘れてしまいそうになるが、彼は王弟なのだ。

マグリットになる前も縁《えん》がなかった高級な料理たちはどう食べていいのかわからない。

（えっと……カトラリーは外側から使っていくのよね？）

貴族としてのマナーも教育も受けていないため、食事に手が出しづらい。しかしお腹は空腹だと必死に訴えかけながら鳴っていた。

目の前に置かれていく料理の数々は見た目も美しくどんな味がするのか食べてみたい。

マグリットがソワソワしているとイザックから声が掛かる。

「マグリット、今日はマナーなど気にせず好きに食べていい。気になるなら人払《ひとばら》いをしよう」

そう言うや否《いな》やイザックが片手を上げるとウェイターが一礼して去っていく。

体から力が抜けて、ホッと息を吐き出した。

いつもマグリットを気遣ってくれるイザックに感謝する。

ゴクリと喉を鳴らした後に美しく並べられている食器に手を伸ばした。

「いただきます」

遠慮《えんりょ》よりも好奇心《こうき》の方が勝ったマグリットはフォークとナイフを持って前菜に手をつける。

上品なソースで野菜の甘味《あまみ》が引き立っていてとても美味しい。

イザックに美味しさを視線でアピールしていると、どんどんと食べるように言われてスープやパンに次々と手を伸ばす。

（なんていう贅沢なの……！　幸せすぎるわ）

いつもの素朴《そぼく》で飽《あ》きない手料理も美味しいが、たまに食べる高級な料理の数々は最高の刺激《しげき》になる。

（この滑《なめ》らかな甘酸《あまず》っぱいソースは魚にとても合うのね。どんな作り方か知りたい……！お肉も柔らかいし焼き具合も最高だわ。このサラダに入っている歯応えのある野菜……種をもらってガノングルフ辺境伯邸の畑で育てられないかしら。塩や昆布《こんぶ》で漬物《つけもの》にしたらきっと美味しいわ）

少し前からガノングルフ辺境伯邸にある畑では、生ゴミを利用してイザックに肥料を作るのを手伝ってもらっていた。

マグリットはイザックの腐敗魔法の力に感謝をしている。

「イザックさん、とても美味しいですね。どの料理も最高に美味しいです！」

「そうか、よかったな」

マグリットを見つめながら微笑んでいるイザックを、ベルファイン国王が扉の隙間から嬉し涙を流しながら見ていることも知らずに、マグリットは美味しいご飯を食べる幸せを噛み締めていた。

魔力のコントロールには、気力と共に体力も必要だと教えてもらったが、その通りだと思った。美味しい食事で気力も蘇《よみがえ》っていく。

イザックはウェイターがテーブルに並べていった皿を手に取り、マグリットが好きそうなものを次々と渡してくれる。

魔力切れで意識を失っている間は、何も食べていなかった反動だろうか。

マグリットは次々に渡された料理をペロリと平らげていく。

ご機嫌《きげん》で頬を押さえているとイザックが呟くように言った。

「こんなに食事が美味しいと感じるのは、マグリットと一緒に食べるようになってからだ」

「そうなのですか？」

「ああ……ありがとう」

イザックはそう言ってワイングラスを傾ける。

その横顔は綺麗《きれい》で鼻筋がスッと通っており、まるで絵画のようだ。

マグリットはイザックと共に過ごせる時間を至福に思いながらゴクリと食べ物を飲み込んだ。

豪華な夕食をお腹いっぱい食べた後は、再び魔法研究所に戻り魔力コントロールの訓練に入る。

イザックが夜遅《よるおそ》くまで訓練に付き合ってくれたおかげでなんとか魔力を抑え続けることに成功する。


次の日はどんよりとした曇り空だった。

ローガンの『次は魔力を抑えながら日常生活を送ってみよう』との提案を受けてマグリットは外に出ることにした。

マグリットが力を抑えなければ、この辺一体の空は晴れてしまうそうだ。

魔力を抑えながら、走ったりジャンプしたりしてみたがそれだけでかなり負担になる。

ちなみにローガンは特殊な魔法を使うらしく魔力の流れがわかるそうだ。

「マグリット、少し魔力が漏れ出ているよ」

「は、はい！　すみません」

「マグリットならできる。がんばれ」

「ありがとうございます！　イザックさん」

雲の隙間から日が差し込むたびに、ローガンからマグリットに注意が入る。

マグリットが気を緩めたタイミングで、空が晴れ始めてしまうのだ。

と同時に自分の魔法の力が本当に天候に影響を及ぼしているのだと実感して驚いた。

その日の晩、クタクタになったマグリットとイザックが食事をしていると「来ちゃった」と、お茶目に言いながらラフな格好をした男性が現れた。

初めは誰だかわからずに首を傾げていたマグリットだったが、イザックの「……何の用ですか。兄上」の言葉で跳び上がる。

挨拶《あいさつ》をしつつ深々と頭を下げていると、今は正式な場ではないから構わないと言われて一緒に食事をすることとなった。

何故かはわからないが、ベルファイン国王はマグリットに対してとても友好的だ。

終始不機嫌なイザックとは違い、マグリットとベルファイン国王は打ち解けるのがとても早かった。

ローガンからマグリットの夢の話を聞いたらしくイザックと共に造った味噌と醤油の話で盛り上がる。

「ははっ！　まさかイザックにそんなことを頼む令嬢がいるとは。驚いたな」

「ですがイザック様にしか、わたしの夢は叶えられないんですよ」

「そうか、そうか……っ！　これからもイザックを頼むぞ、マグリット」

「兄上……いい加減にしてください」

瞳を潤ませて何度も何度も頷いているベルファイン国王は満足そうである。

イザックが王都に来るのは本当に珍しいことらしく、大きな式典の時以外は滅多《めった》に訪《おとず》れることはないそうだ。

手紙を送り続けてもイザックからの返事は少なく、寂《さび》しい思いをしていたそうだ。

こうしてイザックの元気な姿を見られることは何よりも嬉しいのだと語った。

(国王陛下は本当にイザックさんのことが大好きなのね。それに優しいところがイザックさんにそっくり)

ベルファイン国王とイザックの雰囲気はまったく違うが、笑った顔や仕草が似ていると思った。

「マグリット、一カ月後に開かれるパーティーにイザックと共に招待したいのだがどうだろうか？」

「国王陛下、大変嬉しい誘いですがわたしは……」

「イザックからマグリットの育った環境を聞いた。これは私の責任でもある。すまない……マグリット」

「いえ、そんな……！」

国王から謝罪を受けたマグリットは慌てて首を横に振る。

だが、ベルファイン国王は真剣な表情で言葉を続けた。

「今のままでは対策不足だと強く思った。これ以上、魔力の有無《うむ》に振り回されて不幸になる子どもたちを増やしたくない。今回のパーティーで貴族たちに改めてそのことを知ってほしいんだ。マグリット、協力してくれないか？」

マグリットはベルファイン国王の言葉にハッとした。

自分のように魔法の力がうまく発現せずに、虐《しいた》げられている子どもがほかにもいるかもしれない。

もし魔力なしと言われて苦しんでいる子どもがいるのならマグリットも救いたい。

マグリットがイザックと共に表舞台《おもてぶたい》に出ることで、それを知らしめることができる。

その話を聞いたマグリットの答えは決まっていた。

「わたしでよければ協力します！」

「……ありがとう。感謝する。それにマグリットの力は雨に苦しむ地域にとって喉から手が出るほどに欲しいものだ」

「わたしの力が……？」

「是非、ベルファイン王国の貴族として困っている民《たみ》たちを助けてほしい」

ベルファイン王国で魔法を使えるのは貴族だけ。

そしてマグリットもその仲間入りを果たした。

ベルファイン国王の言う通り、助けられる人がいるならば力を使いたいと思う。

マグリットはベルファイン国王の伸ばされた手を取った。

固く握手《あくしゅ》をしているだけなのだがマグリットに触れているベルファイン国王の手はイザックによって弾き飛ばされてしまう。

国王にも容赦ないイザックに驚くばかりだが、ベルファイン国王はデレデレと顔を綻《ほころ》ばせて嬉しそうである。

そこから三人で話し合い、少しずつ社交の場に慣れて学んでいくこととする。

この年齢《ねんれい》からまさか令嬢として振る舞うことになるとは思わずに驚いた。

一方で、パーティーに出るとしてもネファーシャル子爵家で使用人として育ったマグリットにはそれはとても難しく思えた。

アデルは幼い頃からずっとマナーを習っていたのだ。

一カ月やそこらでマグリットがどこまでできるかはわからない。

(まだ魔力のコントロールも完璧にできないのに……大丈夫かしら)

今すぐマグリットが他の令嬢と同じように振る舞うのは不可能だろう。

「パーティーに出てイザック様の迷惑《めいわく》になってしまうかもと思うと不安です」

マグリットが何か粗相《そそう》をすることでイザックに恥《はじ》をかかせるわけにはいかないとも思った。

「そんなことは気にしなくていい。俺もほとんどパーティーには出たことがないからマグリットと同じだ」

イザックはマグリットを安心させようとしているのだと思った。

それは食べ方や立ち振る舞いを見ていてもわかることだ。

王族として育ったイザックの所作は美しくて無駄《むだ》がない。

するとベルファイン国王はガノングルフ辺境伯領の隣にあるメル侯爵領《こうしゃくりょう》の、メル侯爵夫人にマグリットのマナーや立ち振る舞いを指導してもらうことを提案してくれた。

これからマグリットは使用人から少しずつ貴族の令嬢として過ごすよう慣らしていくこ

とになる。

「それからマグリット、話は逸れるのだが……」

「なんでしょうか？」

「君ほどイザックに相応《ふさわ》しい人間はいないっ！　是非、前向きにイザックとの結婚……んぐっ⁉」

ベルファイン国王の口をすぐさまイザックが塞ぐ。

（ケッコ……？　イザックさんと何か造れということかしら）

マグリットが首を傾げていると、ベルファイン国王はマグリットに何かを伝えようと必死にもがいている。

そうしてイザックの手から抜け出したベルファイン国王は叫ぶように言った。

「──マグリット、イザックとの未来を是非とも前向きに考えてくれないだろうか？」

「え……？」

「私はマグリットとイザックが結ばれたらとても嬉しいと思っているんだ。是非、結婚を……っ！」

「兄上……！」

マグリットは改めてイザックを見た。

ベルファイン国王はマグリットをイザックが受け入れる前提で話しているが、イザックは、本来嫁ぐはずだったアデルではなくマグリットがガノングルフ辺境伯邸に居座《いすわ》ることになってもよいと考えているのだろうか。

「国王陛下、わたしのことよりもイザック様の気持ちを考えた方がいいと思うのです」

「「は……？」」

ベルファイン国王はマグリットにイザックと結婚してくれと言うが大切なことを忘れている。マグリットはイザックに問いかけた。

「イザック様はわたしのことをどう思っているのですか？」

マグリットの問いかけにイザックは大きく目を見開く。

「いや、それは……」

顔を真っ赤にして口ごもるイザックを見てマグリットはあることに気づいて表情を強張らせた。

（やっぱりわたしじゃイザックさんの妻になるには力不足ということよね……！）

わかっていたことだが、少しだけ寂しいと感じた。

ベルファイン国王は「イザックにはマグリットしかいない！」と力説しているが、やはりマグリットではイザックに相応しくないのだ。

「国王陛下、折角のお申し出ですがわたしには分に過ぎるのではないでしょうか。イザック様にも申し訳ないです」

ベルファイン国王がチラチラと何か言いたげにイザックに視線を送り、腕でイザックのことをつついているとも知らずに、マグリットは自分の気持ちを話していく。

「わたしはイザック様の善意で屋敷に置いてもらっているだけですし、もっと素晴らしい方に……」

マグリットがチクチクとする胸の痛みを抑えながら、そう言った時だった。

「──マグリットの代わりなどいない！」

「イザック、様？」

珍しくイザックが大きな声を出したため、マグリットは目を見張った。

マグリットがキョトンとしていると、イザックはハッとした後に咳払《せきばら》いをする。

「ゴホンッ、つまり……マグリットはっ、その……俺にとっては特別なんだ」

「特別、ですか？」

「た、たとえ使用人でも妻でも、俺はマグリットと共にいたい」

ベルファイン国王が見守る中、マグリットはイザックの言葉の意味を考えていた。

イザックはマグリットを気遣って言ってくれているのだろう。

（やっぱりイザックさんはいい人だなぁ……）

マグリットもヘラリと笑った。

それにマグリットも使用人でも妻でもいいからイザックとは末長く一緒にいたい。

何故ならまだまだ造りたい調味料があるから。

「わたしもイザック様と一緒にいたいです！　どんな立場だろうとそばを離れるつもりはありません！」

マグリットがそう言うと、イザックは呆然としていたが、すぐ嬉しそうに顔を綻ばせた。

そのまま彼と見つめ合っていると……。

「マグリット、俺と婚約してくれないか？」

「……へ？」

イザックからの驚きの提案にマグリットは目を見開いた。

大きな手のひらから熱が伝わってくる。

（わたしがイザックさんの婚約者に……？）

マグリットがあまりの衝撃に何も言えないでいると、イザックは焦ったように言葉を続けた。

「婚約者になればマグリットを様々な脅威《きょうい》から守ることもできるだろう？　ネファーシャル子爵家からもだ。それに……俺はっ」

「……？」

「マグリットのことが、す……すっ」

イザックが懸命に気持ちを伝えようとしていることも知らずにマグリットは言葉を続けた。

「イザック様の気持ちはわかっています。わたしもそう思っていましたからっ！」

「……っ!?」

「なんと……！」

ベルファイン国王とイザックはマグリットの意外な返事に驚く。

「以前から〝酢《す》〟を造りたいと話していましたもんね！」

「………ス？」

「酢、穀物酢と果実酢ですよ！」

「え……あぁ、まぁ……そうだな」

マグリットはイザックに穀物酢と果実酢を造りたいと相談していたことを思い出す。どんな立場だろうとマグリットの夢を叶える手伝いをしてくれるイザックの気持ちが嬉しいと感じた。

「離れてしまったら造れないですもんね。がんばって一緒に美味しい果実酢を造りましょうね！」

「いや……そうではなく」

「これからも使用人兼《けん》イザック様の婚約者としてがんばらせていただきます！」

「…………」

二人はマグリットにイザックの気持ちが何も伝わっていないことを悟《さと》り、視線を合わせて頷いた。

「イザック、マグリットは強敵だな」

「……はい」

「とりあえず婚約おめでとう」

「…………はい」

あっさりと婚約者になることを了承《りょうしょう》したマグリットは、婚約者になったとしてもイザックとの関係は今までと何も変わらないと思っていた。

それにネファーシャル子爵たちもアデルの婚約者や結婚相手のことばかり話していたので、貴族にとって結婚は必要なものという認識《にんしき》でしかなかったのだ。

マグリットはネファーシャル子爵家という狭《せま》い世界で暮らしていたせいか、婚約に対する解釈《かいしゃく》が大きく捻《ね》じ曲《ま》がっていた。

そんなことにも気づかないまま、その日のうちにイザックとの婚約関係が成立する。

そんなことよりもガノングルフ辺境伯領に帰るためには、明日までに魔力のコントロール法を習得してローガンに合格をもらわなければならない。

今日もマグリットの頭の中は屋敷に残してきた味噌と醤油でいっぱいだった。

(明日もがんばらないと……！)

こうして楽しい食事会はあっという間に終わった。

マグリットは自分の部屋に戻ってから寝るまでの間、訓練を続けたのだった。

四章　婚約と醤油

ネファーシャル子爵《ししゃく》は強い覚悟《かくご》を持って屋敷《やしき》を飛び出した。

ガノングルフ辺境伯《へんきょうはく》領に辿《たど》り着《つ》いたのはいいが、ひどい嵐《あらし》で前が見えなくなっていた。

打ちつける雨の音は大きく、吹《ふ》き荒《あ》れる風で馬車がガタガタと揺《ゆ》れている。

馬も脚を進めなくなってしまい、御者《ぎょしゃ》も「これ以上は無理です」と言って泣きそうになっている。

何とかして休める所を探しにガノングルフ辺境伯領の隣《となり》のメル侯爵《こうしゃく》領の街にある宿に到着《とうちゃく》したはいいが、激しい雨が降《ふ》り止《や》むことはなく引き返すしかなかった。

ずっと馬車に乗っていたことの疲《つか》れや苛立《いらだ》ちから馬車の中では口論が絶えなかった。

ネファーシャル子爵家に帰ると、見た目は立派だが中身は空っぽの屋敷を見てため息しか出てこない。

そしてこちらでも雨が降り続いている。

領民からは「税を下げろ」「雨で作物が取れない。補助をして助けてくれ」と、頭が痛くなる申し出ばかりが届けられていた。

（助けてもらいたいのはこちらの方だ……！　そんなもの自分たちでどうにかしろっ）

薄暗《うすぐら》く手入れが行き届いていない屋敷。

誰《だれ》も出迎《でむか》えがないことを不思議に思っていたが、テーブルの上には辞表と手紙が置いてあった。ついに料理人と執事《しつじ》までやめてしまい、ネファーシャル子爵家はどん底だった。

どれだけ腹が減ったとしても料理も出てこない。

「こんな生活、もう限界っ！　お父様ぁ……早くどうにかしてぇっ」

アデルが泣《な》き叫《さけ》んで座り込んだ瞬間《しゅんかん》に背中のフックが弾《はじ》け飛《と》んで肌《はだ》が露《あら》わになる。

どうやらドレスが耐《た》えきれなくなったようだ。馬車の中でもお菓子《かし》を食べ続けていたからだろう。妻はフラリとソファに倒《たお》れ込《こ》む。

俯《うつむ》くとアデルと同様にはちきれそうなシャツのボタンと今にも肉がはみ出そうになるズボンが見えて子爵は愕然《がくぜん》としていた。

（マグリットを取り戻《もど》せば体形も元に戻るはずだっ！）

本来ならば魔法《まほう》の力が開花しないマグリットを魔法研究所へと向かわせなければならなかったことは知っていた。

（だが他の奴《やつ》らだって同じことをしているではないか！　私だけが悪いわけではない。皆《みな》、そうしているっ）

今のところマグリットに満足な教育を受けさせることもなく使用人として働かせていたことに対する罰《ばつ》はない。

（こうなったら王家に助けを求めるしかない！　直接、交渉《こうしょう》して、すぐにでもアデルを

ガノングルフ辺境伯と結婚《けっこん》させよう。マグリットを取り戻さなければ……これもネファーシャル子爵家を守るためだ）

ベルファイン国王が弟の辺境伯を溺愛《できあい》しているのは周知の事実だ。

アデルさえガノングルフ辺境伯に気に入られれば今までのことなどいくらでも有耶無耶《うやむや》にできるはずだ。

二人に考えを話すと、いい案だと納得《なっとく》してくれた。

（アデルに新しい力が出たから見てほしいとでも言って王城に向かおう……！）

手紙で許可を取っている時間なんてない。

ベルファイン国王はアデルの様子を見に魔法研究所によく足を運んでいたそうだ。

その時のように、ベルファイン国王と話ができさえすればすべてがうまくいく。

多少ふくよかになったとしてもアデルの美しさには絶対の自信があった。すぐにアデルと妻を連れて勢いのまま王城へと向かう。

どうやら王城周辺も天気が悪いようで曇《くも》り空《ぞら》だった。

護衛騎士《きし》を押し退けて魔法を使いながら研究所に突撃《とつげき》したのだが、研究所の外にいたのは思いがけない人物だった。

（……ま、まさかアレはマグリットか？）

何度も瞬《まばた》きをして目を擦《こす》る。

魔法が使えないはずのマグリットが何故《なぜ》魔法研究所にいるのか、まったく理解できなかった。

マグリットの前には魔法研究所の所長兼《けん》、リダ公爵家《こうしゃくけ》の若き当主ローガン・リダがいた。

その隣にはこれまでの社交界で見たことがない背が高く品のいい端整《たんせい》な顔立ちをした男が立っていた。

その美しさに目を惹《ひ》かれた。アデルもその男に魅了《みりょう》されているようだ。

オリーブベージュの髪《かみ》とエメラルドグリーンの瞳《ひとみ》を見ていると何か思い出せそうだと首を捻《ひね》るが誰だかはわからない。

それよりもこんなところにいるマグリットが気になって仕方なかった。

（いくら気に入ったからといっても、貴族としての教育を受けてこなかったマグリットを娶《めと》るわけがない。使用人として働くことも断られ、研究所で働くことになったに違《ちが》いないっ！）

ガノングルフ辺境伯に追い出されたマグリットはリダ公爵の下で運良く下働きでもしているのだろう。

惚《ほう》けているアデルの手首を摑《つか》んで早足でマグリットの下に急ぐ。

「――マグリット、こんなところで何をしている！」

マグリットが顔を上げてこちらを見た瞬間、曇っていた空が嘘《うそ》のように晴れていき光が漏《も》れた。

まるで天気までも、自分たちの選択《せんたく》が正しいと後押《あとお》ししてくれるように思えた。

そんなマグリットを守るように立《た》ち塞《ふさ》がったのはオリーブベージュの髪をした先ほどの美男子だった。

こちらに気づいたリダ公爵がいつものようににっこりと笑《え》みを深めながら前に出る。

「これはこれは……ネファーシャル子爵、何か用が？」

「リダ公爵、急に申し訳ないが今すぐ国王陛下に会わせてくれ……っ」

「国王陛下に？　ここは魔法研究所だよ。アデル嬢《じょう》を呼んだ覚えもないけど」

「アデルが至急、陛下に伝えたいことがあるそうで連れてきたんですよ！」

マグリットの前にいる男を見ながら惚けているアデルの肩《かた》をつつく。

こうして惚《ほ》れっぽいアデルがオーウェンにまんまと騙《だま》されてついていったのがすべての元凶《げんきょう》だ。

今回もこの男に一目惚《ひとめぼ》れでもしたのだろう。背も高く体格もいい。

甘いマスクに整った顔立ちを見ていると一瞬《いっしゅん》だけベルファイン国王と重なった。

気のせいだろう。今はアデルを使ってベルファイン国王に会わなければ……そう考えていたからに違いない。

「アデルが新しい力を得たのです！　是非《ぜひ》、国王陛下に見ていただきたいっ」

「前にも話したと思うけど、アデル嬢が魔力《まりょく》を高めない限りはこれ以上新しい力は生まれないはずだよ。何か訓練でもしたの？」

「いや……それは」

リダ公爵がこちらを怪《あや》しんでいるのがすぐにわかった。

アデルがめんどくさいと嫌《いや》がるため、魔力訓練など行ったことはない。

それでも貴重な魔法属性さえあればそれでいいと思っていたからだ。

「とにかく、ベルファイン国王陛下に報告をしてください！」

「何故、国王陛下に報告する必要が？」

「我々は間違《まちが》いを正さなければならないんですっ！」

「もう少し詳《くわ》しく説明してもらえます？」

まどろっこしいやり取りに苛立ちが募《つの》る。焦《あせ》りもあり叫ぶように本音が飛び出した。

「──マグリットをネファーシャル子爵家に戻して、アデルをガノングルフ辺境伯の下に嫁《とつ》がせなければならないんです！　今すぐにっ」

そう言った瞬間、空気が張《は》り詰《つ》めたのがわかった。

しかし今はそんな些細《ささい》なことを気にしている暇《ひま》はない。

「あなた方がアデル嬢の代わりにマグリット嬢を嫁がせたと聞いたけど？」

「そ、それが間違いだったんです！」

「国王陛下もマグリット嬢がガノングルフ辺境伯と共にいることを納得したからこの状態なのでは？」

「……っ！」

リダ公爵は首を傾《かし》げながらにっこりと笑っている。

(何故ここまで言ってわからないっ！　このままだと我々の立場は……)

このままリダ公爵と話していても埒《らち》があかないと判断する。

「この件はガノングルフ辺境伯か、ベルファイン国王に直接話さなければならない！」

「ネファーシャル子爵、随分《ずいぶん》と焦っていますね」

「～っ、この場にアデルもマグリットもいることとです！　丁度いい。この件が間違っていたことをお前の口から説明するんだ。マグリットッ！」

そう命令してもマグリットは大きく首を横に振《ふ》っている。

こうしてマグリットに反抗《はんこう》されることが今までなかったため頭に血が上っていく。

無理やりにでもマグリットを連れて行くしかないと思ったその時だった。

「……やめろ」

オリーブベージュの髪の男がマグリットの前に出る。苛立っていることもあり彼を思いきり睨《にら》みつけた。

「なんだね、君は……！」

「お前たちにマグリットは渡《わた》さない。彼女に触《ふ》れるな」

「なんだと⁉」

マグリットを守るように立つ男に摑みかかろうとするとアデルが前に出て遮《さえぎ》られてしまう。

「お父様、わたくしこの方と結婚するわ！」

「ア、アデル！　一体何を言っているんだ……！」

「だってとてもかっこいいんですもの！　わたくしにぴったりじゃない？」

妻も驚《おどろ》きからアデルの肩を掴み必死に止める。

こちらを睨みつけてくるよくわからない男に惚れ込んでしまったようだ。

だがオーウェンの時のようにこの男にアデルが奪《うば》われ、駆《か》け落《お》ちされてしまえば作戦が台無しになってしまう。

アデルの耳元でこのままの生活が続いていいのか、と問いかけると、なんとか正気を取り戻したようだ。

「わかってるわよ。わたくしがガノングルフ辺境伯の下へ嫁げばいいんでしょう？」

「いい加減なことを言わないでくれ。マグリット、行こう」

「えっ……はい！」

男がマグリットの手を取り歩き出す。

「……気分が悪い。ローガン、あとは任せた」

「ああ、任せてよ」

何故か周囲の草木が枯《か》れている。マグリットを連れて男は去って行ってしまう。

追いかけようとしたがリダ公爵がその前に立ち塞がる。

リダ公爵の名前を呼び、偉《えら》そうに命令する男の立場がわからない。

「ネファーシャル子爵にも一応知らせておくけど、マグリット嬢は素晴《すば》らしい魔法を使えることが判明したんだ」

「は………？」

「マグリット嬢はガノングルフ辺境伯と同等の膨大《ぼうだい》な魔力量と、アデル嬢よりも大きな力を持っている」

「……な、なんだと？」

「わたくしよりすごいですって⁉　アハハッ、そんなの絶対にありえないわ！」

リダ公爵が何を言っているのか理解することができない。

マグリットに大きな魔法の力があるなんて信じられなかった。

アデルも妻もそう思っているのかリダ公爵の言うことを信じていないようだ。

「マグリットに大きな力だと？　馬鹿馬鹿しい……ありえませんな！」

「この僕が証言している。ありえないのはあなただ。ネファーシャル子爵」

「……っ⁉」

「アデル嬢に新しい力があるというのも嘘なんだろう？」

黒縁眼鏡《くろぶちめがね》を人差し指で上げたリダ公爵が目を細めてこちらを見ている。

まるですべてを見透《みす》かされているようだ。アデルに新しい魔法などない。だがこのまま引き下がるわけにはいかなかった。

「それから本来は魔法の力がわからない令息令嬢《れいじょう》はこの魔法研究所で検査を受ける規則

になっている。そのルールを破ったことは、もう国王陛下やガノングルフ辺境伯にも知られているよ？」

「っ、それは……だ、だが皆もそうしているではありませんか！」

「そうやって隠蔽《いんぺい》する貴族が多いからこうした規則を設けているんだ。そのルールを破っておきながら今更《いまさら》、マグリット嬢を……まぁ、いいか」

リダ公爵はそう言ってため息を吐《つ》くと、あることを告げる。

「マグリット嬢はガノングルフ辺境伯に愛されている。もうすぐ婚約《こんやく》が発表されるんじゃないかなぁ？」

「なっ……！」

「まだ結婚しないのはガノングルフ辺境伯がマグリット嬢の心情を汲《く》んでいるからだ。それに彼はマグリット嬢しか受け入れるつもりはない。だからアデル嬢を嫁がせることは不可能だよ。何をしても無駄《むだ》だ」

信じられない言葉がリダ公爵から告げられたことにより妻も呆然《ぼうぜん》としている。

マグリットがガノングルフ辺境伯に愛されている……アデルではなく、身代わりに嫁がせたマグリットがだ。

「嘘をつかないでいただきたい！　では何故、マグリットはガノングルフ辺境伯邸《てい》ではなく、ここにいるんですか⁉」

「魔力のコントロール法を会得《えとく》するためだよ。マグリット嬢はガノングルフ辺境伯領の嵐を晴らすほどの膨大な魔力を常に垂れ流してしまっていた」

「晴らす……？　嵐を晴らすだと？」

「そう。マグリット嬢の魔法は天候に影響《えいきょう》を与《あた》える力だ……ネファーシャル子爵領にもその恩恵《おんけい》があったはずだ」

あまりの衝撃《しょうげき》に言葉が出てこなかった。

（マグリットがネファーシャル子爵領の雨を晴らしていたということか？　まさか……そんなっ）

ネファーシャル子爵領の天気が安定していたのはアデルのおかげではなかった。

アデルの二年後に生まれたマグリットによる力……つまりマグリットが無意識にネファーシャル子爵領の天気を安定させていたのだとわかって愕然とすると同時に腑《ふ》に落ちる部分があった。

マグリットがガノングルフ辺境伯領に向かったのと同時に、ネファーシャル子爵領の天候は崩《くず》れていった。

そしてアデルが帰ってきても雨が続いていたことを考えると十分に納得できる。

マグリットの魔法はガノングルフ辺境伯領の嵐を止めたことで魔力不足になり発覚したそうだ。

自分たちもガノングルフ辺境伯領に向かった時に嵐の激しさを体験していた。

（あの嵐を止めてしまうほどの力をマグリットが持っていたというのか⁉　信じられない

……！）

そしてネファーシャル子爵領にとっては必要不可欠な力を持つマグリットを、ガノングルフ辺境伯邸に送り出してしまったということになる。

逆に珍《めずら》しいだけの防壁魔法を持つアデルなど、文句ばかり言って何の役にも立たない。

ますますアデルではなくマグリットを取り戻したいという気持ちが大きくなっていく。

（どうにかして婚約する前にマグリットを取り戻さなければ……マグリットを取り戻せばネファーシャル子爵領の天候も元に戻るはずだ！）

絶望から一転して、頭の中は希望で満《み》ち溢《あふ》れていく。

それを見越《みこ》していたかのようにリダ公爵から思いもよらない言葉を受ける。

「ネファーシャル子爵はルールに背《そむ》いた罰としてマグリット嬢の親権を剝奪《はくだつ》されることになるよ」

「――ッ！」

「今頃《いまごろ》、ネファーシャル子爵邸には正式な書類が届けられているんじゃないかな？」

マグリットを取り戻すどころか、今までの責任を取らされて親権まで失いそうになっていた。

アデルだけは訳がわからない様子で首を傾げているが、妻と二人で信じられない気持ちでいた。

「話は以上だよ。邪魔《じゃま》だから帰ってくれるかな？」

リダ公爵の圧にこれ以上、前に進むことはできなかった。

(マグリットは必ず取り戻す……！ ネファーシャル子爵家の未来のためにも)

使用人としても役に立つし、今から婿《むこ》を選んで跡《あと》を継《つ》がせたっていい。

そうなればネファーシャル子爵領の空も晴れ渡り問題も解決する。

本人が自分の居場所がないと知り、納得して戻ってくればいいのだ。

リダ公爵が何かを言っていた気がしたが適当に挨拶《あいさつ》をしてその場を去った。

(役立たずの残りカスだと思っていたマグリットに価値があったとはな。すぐに作戦を練り直さなければ……！)


マグリットはイザックに腕《うで》を引かれながら廊下《ろうか》を足早に歩いていた。

久しぶりに見た父と母、アデルにいつもの輝《かがや》きがないことに驚いていた。

髪はボサボサで肌《はだ》荒《あ》れもひどかったように思う。

体形も以前より大きくなったのかアデルのドレスはパツパツで今にもはちきれそうになっていた。

夫人のドレスもネファーシャル子爵のジャケットも皺《しわ》だらけだった。

(……三人ともひどい状態だったわ)

レイやマグリットがいなくなった後、ネファーシャル子爵家がどうなったのか簡単に想像できる。

ゾッとしたのはマグリットをまたネファーシャル子爵家に戻してアデルを嫁がせると言った子爵の発言だ。

それに心が動揺《どうよう》したからか、魔力のコントロールが大きく乱れてしまい曇り空が晴れて光が差し込んでしまった。

(明日、ガノングルフ辺境伯領に帰る予定なのに……このままだと帰れないわ)

落ち込むマグリットにイザックが声を掛《か》けてくれた。

「マグリット、大丈夫《だいじょうぶ》か？」

「……はい」

「ローガンが奴らを追い返すはずだ。これ以上は彼らの好きにはさせない」

マグリットはイザックの力強い言葉に頷《うなず》いた。そしてイザックを見上げて自分の意思を話す。

「わたしはやっぱりイザックさんと一緒《いっしょ》にいたいです」

「……マグリット」

「あの場所には、絶対に戻りたくありません！」

味噌《みそ》や醤油《しょうゆ》も確かに大切だがイザックがそばにいなければ何の意味もない気がした。

うまく言葉にはできないがイザックと共に過ごしてきた日々を特別だと感じる。

イザックはマグリットを包み込むように抱《だ》きしめた。マグリットもそれに応えるように背に腕を回す。

「兄上にはマグリットの親権を剝奪するように頼《たの》んできた」

「本当ですか⁉」

「ああ、これでネファーシャル子爵はマグリットのことに一切関与《いっさいかんよ》できないはずだ」

つまりマグリットに対して好き勝手、手出しができなくなるということを説明してくれた。マグリットはイザックの言葉にホッと胸を撫《な》で下《お》ろす。

「ありがとうございます。イザックさん」

「安心していい。マグリットは俺が守る」

マグリットは嬉《うれ》しくなりイザックにすり寄るようにして抱きしめた。

彼の体温をこんなにも感じたのは初めてだった。

だけどすぐに体が離《はな》れてしまう。彼はマグリットに背を向けて歩き始めてしまった。

イザックの顔が照れて真っ赤になっているとも知らずに、イザックを追いかけるようにして手を握《にぎ》る。

「マグリット……？」

「イザックさん、わたし辺境伯領に帰れるようにがんばりますから！」

「ああ、マグリットならば必ずできる」

今日中にローガンが合格を出してくれるよう魔力のコントロール法を身につけなければ

ならない。

明日の朝までには何としても力をつけたい。イザックと共にガノングルフ辺境伯領に帰りたいからだ。

（たとえ醤油がダメでも、わたしには味噌があるし、何よりイザックさんがいてくれるわ！）

フンッと気合いを入れたマグリットは、気を取り直して魔力コントロールに励《はげ》む。

安心からネファーシャル子爵のことも忘れて、マグリットは訓練に集中したのだった。

太陽が沈《しず》んで月が空に昇《のぼ》る頃《ころ》。夕食前にローガンに立ち会ってもらい、マグリットは訓練の成果を披露《ひろう》していた。魔力を体内に留《とど》めながら、様々な動作を繰《く》り返《かえ》す。

味噌と醤油に思いを馳《は》せながら、マグリットはなんとか周囲に影響を及《およ》ぼさずに魔力をコントロールしていた。

「ど、どうでしょうか！」

「…………うーん」

「ローガン」

イザックがローガンの名前を呼ぶ。

マグリットは口から心臓が飛び出してしまいそうなほどドキドキしていた。

両手を合わせながらローガンの言葉を待っていた。

「イザックがそばにいるし、おまけの合格ね！」

「〜っ、ありがとうございます！」

ローガンにそう言われたマグリットは大喜びした。

これでイザックと共にガノングルフ辺境伯領に帰ることができる。

「よかったな、マグリット」

「はいっ！」

イザックに抱きつきながら、大きく頷いた。

マグリットが魔力を認識《にんしき》して抑《おさ》える術を身につけたので、以前のように倒れてしまうことはないそうだ。

それに魔力のコントロールは地道で、慣れていくしかないので細かいところはイザックに教わりながら体で覚えていくしかないと説明を受けた。

マグリットの力は目に見えるものではないため尚更《なおさら》だろう。


その日の晩、マグリットが美味《おい》しい夕食を食べながら頰《ほお》を押さえているとベルファイン国王に続き、今日は王妃《おうひ》まで登場した。するとその少し後に前国王や王太后も合流。

あまりの豪華《ごうか》な面々に驚くものの、マグリットは貴族として暮らしていなかったことや前世の記憶《きおく》もあり、王族であっても恐《おそ》れ多《おお》いといった感情が薄《うす》いせいかそこまで緊張《きんちょう》することはなかった。

和気藹々《わきあいあい》とした雰囲気《ふんいき》で食事会が進む。

どうやらマグリットとイザックの婚約のお祝いに駆けつけてくれたらしい。

「イザックのことを任せられるのはマグリットしかいない……！　イザックを頼む」

「マグリット、本当にありがとう。これからは家族としてよろしくね」

マグリットの肩に手を置き頷く前国王と涙《なみだ》を滲《にじ》ませながらマグリットの手を握る王太后。

その表情はとても嬉しそうだ。

「父上、母上。マグリットから離れてください」

「おお、すまない！　だがあまり嫉妬深《しっとぶか》いとマグリットに嫌《きら》われてしまうぞ？」

「こんな日が来るなんてっ……うぅっ」

「イザックがやっと、やっと幸せに……っ！」

「母上も兄上もいい加減にしてください！」

泣き出してしまった王太后と目頭《めがしら》を押さえる国王。イザックは困惑《こんわく》しているようだ。

王太后に寄《よ》り添《そ》う前国王の姿を見て、マグリットは前世で自分を育ててくれた祖父母を思い出していた。

次に彼らに会えるのは一カ月後のパーティーになる。

その時には再び王城に三日ほど滞在《たいざい》することになるそうだ。

また一緒に食事をする約束をして、和《なご》やかな雰囲気のまま食事会は終わった。

明日はガノングルフ辺境伯領へ朝早く出発することになるため早めに大きなベッドに入

る。連日の訓練による疲労感《ひろう》ですぐに瞼《まぶた》が落ちていく。

（やっと、やっと帰れるのね……！）

馬車がガノングルフ辺境伯邸に到着すると、馬車の音を聞きつけたマイケルとシシーが出迎えてくれた。マグリットは涙ぐんで両手を広げるシシーの下へ。

再会を喜んでいるとシシーは「とても心配しましたわ」と言ってマグリットを優《やさ》しく抱きしめてくれた。

誰かが温かく迎《むか》えてくれる。そのことがこんなにも嬉しいのだと思えた。

イザックはマイケルとシシーにマグリットの力のことを説明していく。

二人は驚いていたが、マグリットがいる間ずっと天気がよかったことや嵐が来なかったことで納得する部分もあったようだ。

「イザック様と同等の魔力量を持っていたとは信じられませんぞ」

「マグリット様が常日頃《つねひごろ》から大きな魔法を使っていたなんて……驚きですわ」

シシーの言葉に自分が一番驚いているのだと言えないまま、マグリットは一週間ぶりの屋敷の中に足を踏《ふ》み入《い》れる。

そしてマグリットはすぐにある場所へと向かった。味噌と醤油が置いてある地下の食《しょく》糧庫《りょうこ》である。

（味噌は無事なはず。問題は醤油よ、醤油がっ……！）

醤油の入っている瓶《びん》を持ち上げると、層がわかれることもなく腐《くさ》っている様子もなかった。

「あれ……？」

マグリットが不思議に思いつつ首を傾げていると、後ろから追いかけてきたシシーが声を掛けてくれた。

「ショウユが入っている瓶ですが、マグリット様が毎日かき混ぜると言っていたので、毎日一度は混ぜていたのですが……大丈夫でしたか？」

「──シシーさんっ！」

マグリットは喜びのあまり、思いきりシシーに抱きついた。

彼女は「あらあら」と言いながら、マグリットの背を撫でる。

「ありがとうございますっ、本当にありがとうございます！」

「ふふっ、余計なお世話だったらと思ったのですが、こんなに喜んでくれるのならやってよかったですわ」

後ろではイザックが「ショウユが無事でよかったな」と言ってマグリットの頭を撫でた。

マグリットは跳び上がりながら喜んでいた。

（よかった……！　魔力コントロールをがんばったご褒美《ほうび》かしら）

この醤油と味噌をじっくりと育てて、王城の人たちにも食べてもらいたい。

そんな気持ちでいたマグリットはシシーを手伝いつつ、いつもの生活に戻っていったのだが……。

「おはよう、マグリット」

「イザックさん、おはようございます。今日も雨なのですね」

「例年通りだ」

マグリットが魔力のコントロールをうまくできている証拠《しょうこ》なのだが、ガノングルフ辺境伯領にはひどい雨が降り続いていた。

(それにしても雨を見るのは久しぶりな気がするわ)

マグリットは一定の範囲《はんい》を晴らすことができるようだ。

まだ正式に範囲は特定できていないが、ネファーシャル子爵領ほどの広さならば余裕《よゆう》ではないかとローガンが言っていた。

マグリットが目を覚ましている間に無意識に空を晴れさせていたというから驚きである。

それに雨の強さや範囲で魔力の消費量も変わるそうだ。

イザックの婚約者になったもののマグリットのやることは変わらない。

貴族らしい生活をした方がいいかとイザックに聞くと「マグリットがやりたいようにすればいい」と言われたため、ガノングルフ辺境伯邸でマグリットは以前と同じ暮らしを続けていた。

けれど魔力のコントロールが負担になるのか、いつものように働こうとしても常に汗《あせ》が浮《う》かんで動きも鈍《にぶ》くなってしまう。意識がどうしても魔力を抑えることに向いてしまう。

今までのように動くことができずにモヤモヤしているとイザックが声を掛けてくれた。

「マグリット、魔力を抑えるには体力を使う。あまり無理はするな」

「イザックさん……！」

「俺にも覚えがある。このままだとまた倒れてしまうぞ？　この生活に慣れるまで、暫《しばら》くはシシーとマイケルに任せた方がいい」

そこでシシーとマイケルにも協力してもらい一週間は魔力のコントロールをしながら生活をすることに集中させてもらうことにした。

マグリットはイザックに色々なことを教わりながらうまくコントロールできるようになっていった。

そうして生活が落ち着いたタイミングで、ガノングルフ辺境伯邸にメル侯爵夫人が訪ねてきた。

ライトグリーンの上品なドレスにレッドブラウンの髪。

笑顔《えがお》がとても優しそうな女性で、気品溢れる姿に見惚《みと》れてしまう。

マグリットが惚けていると、メル侯爵夫人が挨拶してくれた。

「ごきげんよう、マグリット様。よろしくお願いしますわ」

「ご、ごきげんよう！　メル侯爵夫人、よろしくお願いしますっ」

「お姉様から詳しく話は聞いているわ。そんなに緊張しなくても大丈夫よ。ゆっくりやっていきましょう」

メル侯爵夫人は王妃の妹らしく、今から三週間後に開催《かいさい》されるパーティーまでに少しでも立《た》ち振《ふ》る舞《ま》いやマナーを身につけるためにマグリットのマナー講師をしてくれることになっていた。

メル侯爵夫人はおっとりとしていてとても優しく、マグリットにもわかりやすく社交界でのマナーを教えてくれた。

もっと厳しいスパルタな勉強を想像していたのだが、終始和やかな雰囲気のまま進んでいく。

無意識に嵐を抑えようとしたことで魔力が発覚し、貴族として生きていくことになったマグリットは、今回のパーティーにイザックの婚約者として参加する。

これからは貴族のマナーも必須《ひっす》になってくるだろう。

まさか貴族の令嬢として十六歳で社交界デビューすることになるとは思いもしなかった。

一方でネファーシャル子爵たちの下を離れて縁《えん》が切れることになったのは清々《すがすが》しい気分だった。

(もう、あの人たちと関わることはないのよね)

そうなったのも、すべてマグリットのために動いてくれたイザックのおかげだろう。

マグリットは長年思《おも》い描《えが》いてきた理想の未来に進んでいるような気がしていた。

そんなマグリットはシシーと共に酢《す》造りに勤《いそ》しんでいる。

穀物酢を造るためにマグリットは麦を原料に酒を造るところから始めていた。酢の元になる『種酢』造りである。酢酸菌《さくさんきん》を加えて酢酸発酵《はっこう》させると酒のアルコール成分が酢酸に変わり酢が出来上がる。

酢は世界最古の調味料と言われているため、この世界にもたくさんあった。

だけど折角ならばご飯に合わせて美味しい寿司《すし》酢も造りたい。

ガノングルフ辺境伯領には新鮮《しんせん》な魚もあるため、米さえ手に入れば寿司を食べられるチャンスではないだろうか。

ちなみに肝心《かんじん》の米に近い食材が見つからないので、色々な人に声を掛けて情報を集めている最中である。

アルコール発酵も酢酸発酵もイザックに手伝ってもらい、今は熟成期間である。

イザックに出来上がりが一カ月後になりますと言うと「また一カ月かかるのか？」と驚かれてしまう。

穀物酢と同じように果実酒や果実酢造りも進めていた。

果実酒も時間がかかるため、マグリットは熟成するのを楽しみにしている。

この世界でお酒が飲めるのは十八歳から。マグリットはまだ年齢《ねんれい》的には飲んではいけないが、イザックは酒が好きだそうだ。

（お寿司は絶対に食べたい。白米はこの世界にあるのかしら……ご飯、ご飯といえば……)


マグリットは街で買ってきた卵を両手に持って眺《なが》めながら、卵かけご飯に思いを馳せる。

真っ白で艶《つや》のあるお米は卵が絡《から》むことで、さらに光り輝く。

(……醤油があったら、最高なんだろうな)

黄身を崩すと、とろっと中身がご飯に溶《と》けていき、そこに醤油を回しかけて、箸《はし》でご飯をすくい上げる。

お茶碗《ちゃわん》を持って、卵かけご飯をかき込めば、醤油の風味を鼻腔《びこう》にふんわりと感じるのだ。

滑《なめ》らかな舌触《したざわ》り。卵のねっとりとした旨《うま》み。

ご飯の甘みと醤油の香《こう》ばしさが絡み合う至高の食べ物だ。

「………食べたい」

マグリットが卵を見つめながら呟《つぶや》いた。

口内は唾液《だえき》が滴《したた》り落《お》ちそうなほどに溢れている。

日本では特別感はない卵かけご飯だが、この世界では米も醤油も簡単には手に入らない。

じっくり、じっくりと時間をかけて醤油を造っているものの、お米だけはどうにもならない。

マグリットは瞼を閉じた。目の前には、以前よく店で作っていた定番のメニューが並んでいる。

真っ黒なトレイの上には白い茶碗に、ふんわりと盛ってあるご飯。

ほかほかと湯気がたっている。その隣には味噌汁があった。

手造りの味噌で作った味噌汁の具は、シンプルにわかめとネギと豆腐《とうふ》。

ほのかに味噌の甘い匂《にお》いが香り、食欲をそそる。

こだわりのぬか床《どこ》で作ったぬか漬《づ》けは、季節に合わせて変えていた。

おかずはこんがりと焼いた魚。これも季節に合わせてサバやアジ、鮭《さけ》など変えている。

そして生卵、卵焼き、目玉焼きと、日本食には欠かせない卵たち。

「卵……醤油……」

そう思うと卵かけご飯が食べたくて食べたくてたまらなくなる。マグリットは下唇《したくちびる》を噛《か》みながら、卵から視線を逸《そ》らした。

そんなマグリットを見つめていたイザック、シシー、マイケルはそんなに卵を食べたいのかと思っていた。

「マグリット様は、卵料理を食べたいのですね……！」

「シシー、今日は卵を使った料理を頼む。マグリットがあんなに卵を食べたがっていたとは……」

「坊《ぼっ》ちゃん、わかりましたわ！　お任せください」

その日の夕食を見て、マグリットは首を傾げる。何故か卵料理が大量に出てきたからだ。

（今日は卵を食べる日なのかしら……？）

不思議に思いつつも、マグリットはシシーの作ってくれた卵料理を食べて感動するのだった。

「シシーさんの卵料理、とっても美味しいです！」

「マグリット様にそう言っていただけてよかったですね、坊ちゃん」

「ああ……マグリット、どんどん食べてくれ。マイケル、明日も卵を買ってきてくれ」

「任せてください！　明日も卵を買ってきますぞ」

「は、はい……！　皆さん、ありがとうございます」

シシー、イザック、マイケルの勢いに、マグリットは頷いたのだった。

そしてあっという間に一カ月が経《た》った。

味噌と醤油の世話をシシーに任せ、マグリットは馬車に乗って再び王都を目指す。

王妃と王太后がパーティーに着るドレスを選んでくれたらしく、二人ともマグリットに会うのをとても楽しみにしているという手紙も届いていた。

ガノングルフ辺境伯領には大きなドレスショップはないため、イザックが頼んでくれたらしい。

それからガノングルフ辺境伯邸を建て直そうという案が前国王や国王から出されたそうだ。

マグリットは嵐の風でミシミシと音が鳴る壁《かべ》や雨漏《あまも》りがある天井《てんじょう》を思い出す。

海が近いため、場所柄《がら》仕方がないのかもしれないが何かあってからでは遅《おそ》い。

今まで屋敷を建て直すことに消極的だったイザックだったが、その意見を受けて屋敷を建て直すことを決意したそうだ。

どこからかその話を聞いた領民たちが協力して屋敷の建て直しをすると言ってくれた。

『領主様への今までのお礼にできることをやりたい』

そんな領民たちの温かい気持ちによって、今は建設計画が立てられている。

イザックもとても嬉しそうにしていた。


緑ばかりだった窓の外に見える景色は次第《しだい》に建物が連なり人の姿が多くなっていく。

マグリットは緊張をほぐそうと深呼吸を繰り返していた。

魔力のコントロールは多少の気合いと地道な日々の訓練で随分と慣れたように思う。

……しかしマナーはすぐには身につかない。

メル侯爵夫人が帰った後は、使ったことのない体の筋肉が悲鳴を上げていた。

マグリットが生まれたての子鹿のように足をガクガクさせているとイザックが笑うのを堪《こら》えている。

その表情を見ていると、今まで感じたことのない気持ちになった。

マグリットの前でのみ、見せてくれる特別な表情があると気づいた時から、マグリットの中でイザックへの気持ちが少しずつ変わっていった。

この気持ちはイザックへの感謝だと思っていたが、明らかに違う。

イザックの婚約者になったことで少しずつ意識が変化したのかもしれない。それによくよく考えてみると婚約者の先が結婚して夫婦《ふうふ》になることだと気づいたことも大きいだろう。

（もしイザックさんとこのまま結婚することになったら？）

そうなったとしても、違和感《いわかん》や嫌悪感《けんおかん》がないことに自分でも驚いてしまう。

マグリットはチラチラとイザックを見ながら考えていたが目が合ったことで肩を跳《は》ねさせた。誤魔化《ごまか》すために口を開く。

「こっ、今回、パーティーに出るのが初めてなのでうまくできるか心配です。大丈夫でしょうか……」

「大丈夫だ、俺がリードする。マグリットは立って笑っているだけでいい」

メル侯爵夫人も「あとはイザック様に任せておけば大丈夫ですよ」と言っていた。

だがコルセットをつけたまま立って笑っているだけでも、マグリットにとってはとても難しいことだった。

マグリットは腹部にあるコルセットを撫でた。

慣れるために三週間、コルセットを着けてはいたが動きにくいし内臓が押し潰される息苦しさは最初のうちは耐えられたとしても時間が経つにつれて苦しくなっていった。

「もうすぐ王都に着くな。その前にマグリットに知らせておきたいことがある」

「なんでしょうか？」

少しだけ暗くなったイザックの声にマグリットは首を傾げた。

「ネファーシャル子爵家のことだ」

「……！」

イザックはマグリットの訓練の邪魔にならないようにと今まで黙《だま》っていたそうだ。

彼の険しい表情を見て、何かよくないことが起こったのだと悟《さと》る。

「ネファーシャル子爵家はそこら中から借金をしていたらしい」

「借金……どうしてですか？」

「理由はわからないが、あまりいい予感はしない」

辺境の地で自然に囲まれながらのびのびと暮らしているとネファーシャル子爵家のことなどすっかり忘れてしまっていた。

マグリットがイザックと正式に婚約したことで、アデルが嫁ぐことが不可能になり、マグリットはもうネファーシャル子爵家の人間ではなくなったことも大きいのかもしれない。

魔法研究所で会った三人に以前の面影《おもかげ》はなく、皺だらけのシャツに髪も整えていなかったりとボロボロだったことを思い出す。

ネファーシャル子爵が親戚《しんせき》を回り、借金までして何をしようとしているのかはわからない。

（今更、大金を集めてどうしようというのかしら）

どうがんばったとしてもネファーシャル子爵家にチャンスはないように思える。

「今回のパーティーで何かあるかもしれない。マグリットも気をつけてくれ」

マグリットはわずかに目を見開いた。

貴族が集まるパーティーなので、ネファーシャル子爵たちとも顔を合わせることになるだろう。

再びネファーシャル子爵たちと対峙《たいじ》してマグリットは何を思うだろうか。

(イザックさんの言う通り、警戒《けいかい》した方がよさそうね)

休み休みとはいえ、コルセットをつけて三日間も馬車に乗りっぱなしだと体が痛くなる。

けれどイザックと共に色々な町に寄っては気ままに店に赴《おもむ》いて、見たことのない食材や料理に触れられるのは勉強になるし楽しくて仕方ない。

そんなマグリットに感化されたのか、最近ではイザックも積極的に外を見て回るようになった。

シシーとマイケルから聞いたが、これまでイザックはガノングルフ辺境伯邸から滅多《めった》に出ていなかったそうだ。

そんな彼が今では外に出て領民と積極的に交流している。

幼い頃からイザックを知る二人にとって、こんなに嬉しいことはないと語った。

イザックはネファーシャル子爵邸にずっといたマグリットと同じで知らないことも多いそうだ。

「マグリットといると新しい発見ばかりで飽《あ》きないな」

「わたしもイザックさんといるととても楽しいです！」

「そうか……よかった」

イザックの優しい笑みを見て、また心臓が音を立てる。

途中《とちゅう》の街で国王や王妃へのお土産《みやげ》を買い込んだマグリットたちは王城に向かう。

イザックと共に馬車を降りて、すぐにマグリットは魔法研究所へ向かった。

ローガンはマグリットが魔力をコントロールできていることを褒《ほ》めてくれた。

今は魔力の流れも綺麗《きれい》で安定しているそうだ。

膨大な魔力を今では違和感なく抑えることができている。晴れの日は魔力のコントロールの負担が少ないので楽なことがわかった。

雨の日に溜《た》め込んだ力を解放する時に、どれほど大きな力になるのか楽しみだとローガンが言っていた。

（空がカラッと晴れるだけなような気がするけど……）

マグリットの魔法について興奮気味に早口で語るローガンの首根っこを摑んでイザックはどこかに連れて行ってしまう。

その後は王妃や王太后とお茶をしながらお喋《しゃべ》りをしたり、皆で集まって食事をしたりと忙《いそが》しくも楽しい時間を過ごした。

王城のシェフが作った豪華な料理は外食気分で味わえて最高である。

何より皆、食べるたびに美味しいと感動するマグリットの反応が珍しいのか様々なものを食べさせてくれた。

次の日、マグリットはパーティーの準備を朝早くから始めていた。

三人の侍女《じじょ》に囲まれ、眠《ねむ》たい目を擦りながら起き上がる。

温めたお風呂《ふろ》に浸《つ》かりながらオイルマッサージにパック、髪にも香油《こうゆ》をつけてもらい艶々《つやつや》になったマグリットは鏡で自分の姿を二度見してしまった。

（化粧《けしょう》をしたり、着飾《きかざ》ったりしたのはいつぶりだったかしら……）

前世の記憶を振り返ってみても朝早くから買い出しや店で料理の仕込みをして、ランチから夜の営業もしていたので化粧をしている暇がなく、ドレスを着て出かけたのは友人の結婚式《けっこんしき》くらいだ。

王妃と王太后がマグリットのために選んでくれたドレスは、オレンジの鮮《あざ》やかな太陽のような色。

何枚ものチュールが重なり、レースや金色の刺繍《ししゅう》で飾《かざ》られて美しく華《はな》やかである。

いかにも高級そうなドレスにマグリットはゴクリと唾《つば》を飲み込んだ。

（慎重《しんちょう》に動かないと。絶対に汚《よご》したり、破ったりできない……！）

煌《きら》びやかなゴールドのアクセサリーや繊細《せんさい》で鮮やかな髪飾《かみかざ》りは眩《まぶ》しくて直視できない。

今からこれを自分が身につけるのかと思うと、もっと信じられない気分だった。

準備が終わり、再度鏡に映る自分の姿を見て呆然とした。

（これがわたし……？　魔法で変身したみたい。信じられない）

そこには別人のようなマグリットの姿があった。

どこからどう見ても、貴族の令嬢にしか見えないが、これで中身が伴《ともな》わなければ無駄になってしまう。

マグリットは気合いを入れるために軽く頬を叩《たた》いた。

慣れるために毎日つけていたコルセットのおかげで、朝食を吐かずにすんだものの苦しいことには変わりない。

ヒールで歩く練習はしたがドレスの重みも加わったことで、つま先が悲鳴を上げている。

このまま歩くと、足がもつれて転んでしまいそうだ。

（もし転んだりしたらイザックさんに迷惑《めいわく》が……！　弱気になったらダメよ、わたしならできるはず！）

初めて感じる緊張感にマグリットは深呼吸を繰り返す。

今こそメル侯爵夫人に教えてもらった基礎《きそ》を活《い》かす時だ。

すると部屋の扉《とびら》をノックする音が聞こえた。侍女が返事をし扉が開く。

「マグリット、入るぞ。準備が終わったと聞いたが」

「……イザックさん！」

クラヴァットが窮屈《きゅうくつ》なのか指を入れて調節しながら部屋の中へ入るイザックを見て、マグリットは目を見開いた。

いつものシンプルな装《よそお》いとは違い、煌びやかな金色の刺繍が施《ほどこ》された細身のコートは背の高いイザックによく似合っている。

眩しすぎる美貌《びぼう》にマグリットの支度《したく》を手伝っていた侍女たちも顔を赤らめていた。

マグリットは毎日イザックを見ていて、彼の美しさに慣れているとはいえ横に並ぶとなると気後《きおく》れしてしまいそうだ。

そんなことを考えているとイザックと目が合う。しかしすぐに視線を逸らされてしまった。

「ど、どうかしましたか？」

何か変なところがあるのかもしれないと心配になり問いかけてみる。

すると、イザックから返ってきたのは予想外の言葉だった。

「マグリットがとても美しくて……その、驚いたんだ」

「…………へ？」

「いや、今日も可愛《かわい》らしいと言うべきだろうか」

イザックの言葉に呆然としていたマグリットだったが、ふと我に返ると一瞬で顔が真っ赤になっていく。

今日も、ということはいつもそう思っているという意味にならないだろうか。

(言い間違い……じゃないわよね。可愛いって……わたしのこと⁉)

こういう時、なんて言葉を返したらいいかわからずマグリットは唇《くちびる》をパクパクと動かしながら無性《むしょう》に熱くなった顔を冷やすように手を上下に振った。

侍女たちが見守る中、二人の間に沈黙《ちんもく》が流れる。

なんとも言えない雰囲気の中、イザックが咳払《せきばら》いをすると目の前に大きな手が差し出された。

マグリットはその手に、そっと自分の手を重ねた。

いつもよりもイザックを意識してしまうのは、先ほどの言葉のせいだろうか。

部屋を出て高級そうな真紅《しんく》の絨毯《じゅうたん》の上を歩きつつ会場に向かう。

会場に足を進めるにつれて、緊張がより強くなる。

マグリットが無意識にイザックの腕を強く握ってしまったのか彼が足を止めた。

「マグリット、大丈夫だ」

「……！」

「マグリットの隣には俺がいる。何があってもフォローするから安心してくれ」

イザックがそう言って、にこやかな笑みを浮かべた。

あまりにも自信満々に言われると本当に大丈夫なように思えてくる。

強張《こわば》っていた体から少しずつ力が抜《ぬ》けていく。

「……ありがとうございます、イザックさん。少しだけ落ち着きました」

「よかった。行こう」

マグリットの心臓はイザックに触れる度《たび》にドクドクと音が鳴っていた。

会場に一歩足を踏み入れると、キラキラと輝く大きなシャンデリアが目に入る。

次に豪華絢爛《ごうかけんらん》な色とりどりのドレスが目に入った。

マグリットは背筋を伸《の》ばして笑顔を作る。

イザックのエスコートを受けながら会場を進んで行った。

四方八方から降り注ぐ視線に緊張してしまうが、イザックの先ほどの言葉を思い出して心を落ち着かせようとした。

優しい笑みを浮かべながらマグリットを見るイザックと目が合った。

(大丈夫よ……！　イザックさんが隣にいてくれるから)

イザックとマグリットは貴族たちの注目を一身に集めているとも知らずに、ベルファイン国王たちの方へと向かう。

ベルファイン国王はイザックとマグリットを見て、目に涙を浮かべながら大喜びしている。

「ま、まさかこんな日が来るなんて……！　ああ……イザック、マグリット！　よく来てくれた」

「ふふっ……陛下、落ち着いてくださいな」

王妃が嬉しそうに口元を押さえながら微笑《ほほえ》んでいる。

マグリットはベルファイン国王や王妃と抱き合い挨拶をしながらイザックと共に隣に立つ。会場はザワザワと騒《さわ》がしいが、その視線はイザックとマグリットに集中している。

(何かしら……どこかおかしいところが？　やっぱりわたしの所作に問題があるのかもし

れない）

そんなマグリットの心配をよそにベルファイン国王の下には、次々と挨拶に訪《おとず》れる貴族たちの姿があった。

話は何故かイザックとマグリットのことが中心だった。

マグリットはあまり深く考えることなくイザックの婚約者になると言ってしまったが、彼が王族であることを実感する。

イザックも優しい笑みを浮かべながら、マグリットを紹介《しょうかい》していく。

マグリットは口角を上げて、笑みを浮かべながら何とか相槌《あいづち》を打つ。

今のところパーティーを楽しむ余裕はなかった。

（笑顔、笑顔……！）

表情筋がピキピキと痛むが、挨拶をする列の中にネファーシャル子爵の姿がないことに気づく。

あんなに心配していたけれど今回のパーティーには参加していないのかもしれない、そんなことを思っていた。

一段落してからイザックと休憩《きゅうけい》しつつ、会場を見て回る。

貴族たちが話しかけてくるが、すべてマグリットの代わりにイザックが対応している。

少しよそよそしい人がいる気もするが、イザックは冷静に対処していく。マグリットに

ていた。

向ける優しい視線はいつも通りだ。

それを見た貴族たちは、顎《あご》が外れそうなほどに驚いているように見える。

マグリットは昨日、王妃と王太后とお茶を飲んでいた時に言われたことを思い出してい

た。

『マグリットと出会う前のイザックと今のイザックは別人よ』

『こんなに優しい雰囲気になるなんて驚いたのよ。心からあなたを信頼《しんらい》しているのね』

マグリットと暮らし始めてから、イザックの態度や声色《こわいろ》がかなり柔《やわ》らかくなったと聞い

た。そして何より驚きなのはイザックが笑うようになったことだそうだ。

マグリットはイザックがどれほど恐れられていたかは貴族社会に出たことがないので知

らないが、よくよく考えると侍女や侍従《じじゅう》たちが逃《に》げ出《だ》してしまうほどなのだから相当だ

ったのだろう。

彼らはベルファイン国王により罰を受けたそうだ。

己《おのれ》の職務を投げ出したのだから当然なのだが、ベルファイン国王はイザックのこととな

ると容赦《ようしゃ》がないようだ。

（今のところ誰もイザックさんのことを怖《こわ》がっているようには見えないけど……）

無知ゆえに元から怖がっていないマグリットとは違って、皆は以前のイザックをどう思

っていたのだろうか。

マグリットがイザックを見上げると、彼の笑みが深くなる。

「どうした？　マグリット」

甘いマスクにこの笑顔だ。

マグリットが見惚れていると、周囲にいたご夫人たちや令嬢たちから甲高《かんだか》い声が聞こえた。

視線を辿ると、どうやらイザックを見ているようだ。

（イザックさんのどこが怖いのかしら。こんなに優しくてかっこいいのに……）

社交界に出ていたら、さぞモテたことだろう。

そんな時、会場の一部が静まりマグリットがいる場所までの道がひらけていく。

そして人影《ひとかげ》が徐々《じょじょ》にこちらに向かっていることに気づく。

険しい表情をしたイザックが、マグリットの肩を摑んで守るように引き寄せた。

「……イザックさん？」

「マグリット、後ろに隠《かく》れていろ」

マグリットが隠れる前に、以前のようにドレスアップしているネファーシャル子爵たちの姿が見えた。

その中で一際《ひときわ》目を惹くのはアデルだった。いつもよりもずっと豪華に着飾っているではないか。

それはマグリットが今まで見たことがないほどの華やかなドレスだった。

胸元《むなもと》や耳に光る大ぶりな宝石と、自信に満ち溢れた表情を見てマグリットは驚く。

それと同時にあることが頭を過《よぎ》る。

（まさかとは思うけど……借金をしていたのはアデルお姉様が身につける宝石やドレスを買うため？）

そんなわけはないと思いつつも、もしそうだとしたら驚きを通《とお》り越《こ》して呆《あき》れてしまう。

アデルは濃《こ》いブルーのドレスを纏《まと》い、一歩一歩こちらに向かってくる。

彼女が動くたびにキラキラとドレスの生地《きじ》が光り輝いて見えた。

ハニーゴールドの髪が絹糸のようにさらりと流れた。

艶やかな髪や宝石、華やかなドレスがライトに照らされている。

アデルはまっすぐにイザックの下へ向かい、足を止めた。

そしてマグリットに見せつけるようにカーテシーを披露する。

「お会いするのは二度目ですわね。わたくしの旦那様《だんなさま》」

アデルは今日、マグリットの隣にいるのがイザックだとわかっているようだ。

マグリットは無視して、イザックだけを見つめている。

アデルはマグリットをいないものとして扱《あつか》うようだ。

（アデルお姉様は今更、何をするつもりなの？）

余裕たっぷりで微笑んでいるアデルの真意がまったく読み取れない。

その後ろにいるネファーシャル子爵も自信満々だ。

アデルの素晴らしい挨拶は、マグリットが三週間だけ学んだ拙《つたな》いマナーではまったく敵《かな》わないものだとわかる。

両親は貴族の令嬢としてアデルの魅力《みりょく》を最大限に引き出すことにしたのだろう。

「以前は取り乱してしまって申し訳ございませんでした。お見苦しいところを……」

アデルは上目遣《うわめづか》いでイザックに触れようと手を伸ばした。

しかしイザックはアデルが触れられないように体を引いたためアデルの腕は彼に触れることなく落ちていく。

顔が歪《ゆが》んだのは一瞬だけでアデルはすぐに笑顔を作り、表情を取《と》り繕《つくろ》った。

「……どういうつもりだ」

「あら、わたくしはあなたの妻になる女ですから！　アデルとお呼びください」

アデルの言葉を聞いたイザックは、マグリットを庇《かば》うように前に出た。

しかしアデルは口の端がピクリと動いただけで、気にする様子は見せない。

「見た目だけではございません。わたくしの力を見てくださいませ……！」

そう言ってアデルは手を伸ばす。

薄水色の透《す》き通《とお》った大きな壁がアデルを守るように現れる。

アデルはイザックの前で防壁《ぼうへき》魔法を自慢《じまん》げに披露した。

アデルの珍しい防壁魔法を見て、周囲からは素晴らしいと声が漏れるが、イザックは結界に対しても何の反応も示さない。

「元々、イザック様と結婚するのはわたくしのはずです。あなた様に相応《ふさわ》しいのはその子じゃないと気づいてくださいませ！」

「……」

「それにイザック様の腐敗《ふはい》魔法とわたくしの防壁魔法、相性《あいしょう》がぴったりでしょう？」

アデルの言葉に、ネファーシャル子爵と夫人は大きく頷いて同意している。

アデルはマグリットよりも自分の方がイザックに相応しいとアピールして、彼と結婚するつもりなのだろうか。

何人かの令息が美しいアデルを見て関心を寄せているようだが、イザックはアデルにまったく興味がないようだ。

イザックの反応は、アデルたちの予想と違ったのだろう。

彼らの表情にも焦りが滲む。

子爵はアデルを庇うように前に出て声を張り上げた。

「本来ならばアデルが嫁ぐはずがマグリットが我々を謀《はか》り、勝手なことをしたせいでこのような事態になってしまった！」

「……なっ！」

「そうですわ。この子は狡賢《ずるがしこ》くアデルを騙したのです！　美しいアデルを妬《ねた》んでこのようなことをっ！」

ネファーシャル子爵夫人の目には涙が滲んでいる。

あまりの出鱈目《でたらめ》な話にマグリットは言葉が出なかった。

アデルがオーウェンと駆け落ちしたのをなかったことにして、マグリットがネファーシャル子爵やアデルを騙して、イザックの婚約者の立場を奪い取ったと言っているのだ。

(信じられない……っ！)

マグリットを悪役に仕立て上げようとしているらしい。

周囲にいる貴族たちはネファーシャル子爵の言葉を聞いてザワザワと騒ぎ出す。

マグリットがこれまで社交界に出ていなかったこともあり、悪い方向に話が広がりを見せつつある。

しかしマグリットを悪く言った途端《とたん》にイザックの表情が険しくなった。

「君たちは何を勘違《かんちが》いしているんだ？」

「え……？」

「俺が愛しているのはマグリット、ただ一人だけだ」

イザックは周囲にも聞こえるようにか大きな声で言った。

貴族たちはイザックとネファーシャル子爵たちを交互《こうご》に見て困惑している。

マグリットはイザックの突然《とつぜん》の告白に目を見開いた。

(イザックさんは今……わたしを愛してるって言ったの？)

意味を理解した瞬間、顔に熱が集まり心臓が忙《いそが》しく音を立てていく。

マグリットを守るために、そう言ってくれているのだと自分を必死に納得させていた。

だけどもし本当にイザックに愛されているのなら……そう思うと嬉しくてたまらない。

イザックは眉根《まゆね》を寄せてからネファーシャル子爵に問いかけるように口を開いた。

「今更、このようなことをしても無駄だとわからないのか？」

「な、何故我々を信じてくれないのですか⁉　アデルこそがガノングルフ辺境伯に相応しいというのにっ！」

ネファーシャル子爵は、引き下がるつもりはないようだ。イザックがここまで言っているのに納得しようとしない。

焦った表情を見るに納得したくないと言うべきだろうか。

「そうか。ならアデル嬢、もう一度防壁魔法を見せてくれ」

「は、はいっ！　もちろんですわ」

そう言うとアデルは得意顔で自分の前に防壁魔法を出した。

先ほどよりも大きな防壁を張ったからか、額には汗が滲んでいる。

するとイザックがアデルの前に手を伸ばした。

（イザックさん、何をするつもりなのかしら）

マグリットがそう思った瞬間、イザックの手から放たれた魔法でアデルの薄透明《うすとうめい》の結界が凄《すさ》まじい勢いで腐敗して溶けていく。

「──ヒイッ！　キャアアアッ！」

アデルは引《ひ》き攣《つ》った悲鳴を上げて、イザックから距離《きょり》を取る。

自分の防壁が目の前で溶けていく様に、怯《おび》えているようだ。

それからイザックがアデルに向かって再び手を伸ばす。

アデルはイザックが自分に触れると思ったのだろう。

慌《あわ》てて後ろに下がろうとして足でドレスの裾《すそ》を踏んでしまい、尻餅《しりもち》をつく。

そして腕を振り回しながら「やめてっ、殺さないでぇ！」と大声で叫び這《は》うようにして後ろに下がった。

ガクガクと震《ふる》えるアデルのそばにネファーシャル子爵たちが駆け寄った。

アデルを抱きしめたネファーシャル子爵と夫人も、間近でイザックの腐敗魔法の力を見て驚き戸惑《とまど》っているようだ。

「い、いやっ、触《さわ》らないで！　わたくしの魔法がぁ！　怖いっ……わたくしに触らないでよ、この化け物っ！」

イザックはそんな三人を冷たく見下ろしていた。

シンと静まり返る会場に、アデルが怯えながらイザックを咎《とが》める声だけが響《ひび》いていた。

（公《おおやけ》の場でこんな暴言を吐くなんて信じられない……！）

先ほどまでアデルはイザックに擦り寄っていたのに、あっという間に手のひらを返した。

何事もなくイザックと話していた周囲の貴族たちも腐敗魔法の力を間近で見て恐れたのか一歩、また一歩と後退していく。

マグリットはそれを見て、裏切られたような気分になった。

イザックの気持ちを考えると胸が痛いが、アデルを納得させるためにあえてそうしたのだろう。

（イザックさんはわたしが守る……！）

マグリットはその場に流れる空気を変えるためにイザックが先ほど魔法を使った手を取り、見せつけるように指を絡めて握る。

イザックはマグリットのその行動を見て目を見開く。

マグリットは彼が人を傷つけるために腐敗魔法を使ったことがないことを知っている。それにイザックは力を怖がってしまうだろうと、いつも周囲を気遣《きづか》っていた。ここでマグリットが何もしなければ、イザックは再び傷つくことになるだろう。

このまま引くわけにはいかないと強く思った。

マグリットはイザックの手を握りながら、怯えるネファーシャル子爵と夫人、アデルの前に立つ。

「イザック様は化け物なんかじゃないわ！　腐敗魔法で誰も傷つけたりしない。とても優しい人よ！」

「……マグリット」

「イザック様のことを何も知らないくせに、噂《うわさ》やイメージだけで怖いと決めつけないでっ！」

マグリットの声が静まり返った会場に響き渡る。

イザックはさらに大きく目を見開いてマグリットを見た。

会場にいる貴族たちもマグリットの言葉に思うことがあったのか気まずそうに視線を逸らす。

マグリットが荒《あら》くなった息を整えようと大きく肩を揺らしていると、突然イザックから抱きしめられた。

イザックは柔らかい笑みを浮かべながら「ありがとう、マグリット」とこぼすように言った。

彼の大きな手のひらが、マグリットの赤くなった頬をなぞる。

マグリットもイザックの手のひらに擦り寄るようにして笑顔で彼を見つめた。

どちらが本当のことを言っているのかは明らかだろう。

先ほどとは一転して、ネファーシャル子爵たちには厳しい視線が送られた。

アデルは自分がイザックに相応しいと言っていたが、化け物だと罵《のの》り触れることすらしなかった。

一方、マグリットはイザックを庇い、互《たが》いを想《おも》い合《あ》うように見つめて触れ合っている。

「何よ……っ！　なんでうまくいかないの？　どうしてマグリットを選ぶの!?　残りカスのくせにっ！　あんたは役立たずなのよっ、わたくしが選ばれないなんて信じられないっ！」

アデルが涙を流しながら、マグリットに暴言を吐く。

どんなに美しい立ち振る舞いをしても、高級なドレスを着ても、輝く宝石を身につけても少しも羨《うらや》ましいと思わなかった。

マグリットを抱きしめているイザックの手のひらに力がこもったのがわかった。

「陛下の面前で嘘をつき、それだけでなくマグリットを貶《おとし》めようとするとは……不愉快《ふゆかい》だ」

「……っ！」

イザックがアデルを見る視線は氷のように冷たい。

その瞬間、背後から凄まじい風と共に刃《やいば》が飛んでくる。

ネファーシャル子爵たちの服が細かな風の刃で削《けず》れていく。

マグリットが驚いて後ろを振り向くと、国王が魔法を放ったのだとわかった。

体を傷つけることなく、服だけがハラリと散った。素晴らしい命中率に驚くばかりだ。

ネファーシャル子爵と夫人は、すべてを察し諦《あきら》めたのだろう。

ネファーシャル子爵はボロボロのジャケットが肩からずり落ちてヘラヘラと笑っており、夫人は静かに涙を流している。

まだ諦めていないのかアデルだけはこちらを鋭《するど》く睨みつけていた。

顔を真っ赤にして荒く息を吐き出している。

今まで自分が選ばれることが当然だったアデルは現実を受け入れられないのだろう。

使用人として働いていたマグリットに負けたことが心底許せないようだ。

立ち上がったアデルは、フラフラとこちらに向かって歩いてくる。

腕を伸ばしたアデルは、細かくて尖《とが》った防壁魔法を何個も作り出した。

それをマグリットに向かって放とうとしていると気づくと同時に、イザックが腕を上げる。

その瞬間、アデルの尖った結界はぐにゃりと捻《ね》じ曲《ま》がりドロリと崩れてしまう。

ベチャリと地面に落ちる防壁魔法。アデルの周囲もドロドロと溶けていく。

逃げることもできずに、恐怖《きょうふ》からなのかペタリとその場に座り込んで頭を横に振る。

彼女の目からは大粒《おおつぶ》の涙が溢れていく。

「何よ……もうなんなのよっ！　あんたのせいよ、全部ぜんぶっ」

そんなアデルの発言にマグリットはさすがに怒《いか》りを覚えた。

アデルを甘やかして育てた両親のせいもあるが、始まりは王命に逆らい自分の気持ちの赴くままに動いた彼女自身のせいではないだろうか。

おかげでマグリットはイザックの下で自由になり夢を叶《かな》えることもできたのだが、だからといって自身の不遇《ふぐう》をマグリットのせいにするのは明らかに身勝手だ。

現実を受け入れようとせず相手の気持ちを無視して動いた結果ではないだろうか。

「全部、自分で招いた結果よ……アデルお姉様」

「……ッ！」

アデルは床《ゆか》を叩きながら大声で泣き出してしまった。

その姿は思い通りにならずに、癇癪《かんしゃく》を起こしている子どものようだ。

いつの間にかネファーシャル子爵たちは騎士たちに囲まれていた。

怒りから顔を歪めたベルファイン国王が指示を出す。

「捕《と》らえろ！」

「わたくしにこんなことをするなんて許されないわ……離してっ！　離しなさいよ！」

アデルだけは泣きながら暴れていたが、ネファーシャル子爵と夫人は無抵抗《むていこう》でズルズルと会場から引きずられていった。

これだけの騒ぎを起こしたネファーシャル子爵に次のチャンスはないだろう。

マグリットは彼らが去っていった扉を見つめる。

アデルたちは勝手に自滅《じめつ》したのだ。想像よりもずっと呆気《あっけ》ない終わりを迎えることになった。

けれど肩の荷《に》が下りたような気分だった。

マグリットは本当の意味で、自由になった気がした。

そして、マグリットはイザックに改めて言いたいことがあった。

「ありがとうございます、イザックさん」

「マグリット……」

「イザックさんの力は本当に本当に素晴らしいものを生み出せる特別なものです……！

わたしにはイザックさんの腐敗魔法がまだまだ必要なんですよ」

「……！」

「イザックさんはわたしの最高のパートナーですから！」

マグリットは先ほどのアデルの言葉でイザックが傷ついたのではないかと不安だった。

だが、イザックはマグリットを抱きしめた後に、軽々とお姫様《ひめさま》抱《だ》っこをした。マグリットはびっくりして声を上げる。

「イザックさんっ⁉」

「ありがとう、マグリット……君と出会えて本当によかった」

慌てて首に手を回すとイザックの笑顔が見えた。

「マグリットは俺の太陽だ」

そう言ってイザックがマグリットの額にキスをすると、壇上《だんじょう》から拍手《はくしゅ》が聞こえた。

ベルファイン国王と王妃は涙を流しながら頷く。

周りの貴族たちも二人を祝福するように手を叩く。

イザックから貴族たちに向けてマグリットの力について説明された。

そしてマグリットがイザックの婚約者になった経緯《けいい》も明かされるのと同時に、ネファーシャル子爵たちの罪が暴かれていった。

マグリットは魔力がないからとネファーシャル子爵家の使用人として働かされていたこと。

駆け落ちしたアデルの代わりにイザックの下に来たことでマグリットの魔力と魔法研究所に行かなかった経緯が判明した。

そうしてネファーシャル子爵家に罰を与えることが発表された。

パーティーが終わり、ネファーシャル子爵たちの騒ぎのおかげでマグリットのことが大々的に広まることになった。

すると魔力なしとして肩身《かたみ》の狭《せま》い思いをしてきた貴族の子どもたちが次々と魔法研究所に現れた。

ローガンはその子どもたちがどんな力を持っているのかを調べるために大忙しのようだ。

マグリットも自分のような思いをする子どもが減って嬉しく思っていた。

ネファーシャル子爵たちは、そこら中から借金をしていたことや、領地の経営が立ち行かなくなり異常な徴税《ちょうぜい》をしていたことも露呈《ろてい》した。

さらには屋敷をやめていった侍女や料理人たちの証言によって、悲惨《ひさん》な状況《じょうきょう》や過酷《かこく》な労働をマグリットに押し付けていたことも暴露《ばくろ》されることになる。

パーティーでのイザックやマグリットへの暴言がベルファイン国王の怒りを買い、ネファーシャル子爵家は爵位《しゃくい》を剥奪された。

これからは平民になるが、魔法を使うことはできてしまう。

そこで魔法で悪さができないように魔力を封《ふう》じる魔法具を嵌《は》められて、貴族社会から追放された。

成り上がろうとしたネファーシャル子爵と夫人は、すべてを失って今何を思うのだろうか。アデルもこれからはわがままを言ってはいられないだろう。

自らの行いをすぐに反省することはないだろうが、これからの生活で大切なことを学べることを祈《いの》るばかりだ。

国王はアデルや子爵たちがマグリットに接触《せっしょく》できないよう三人を別々の場所に追放した。

これでもうマグリットがあの三人と顔を合わせることはないそうだ。

それを聞いたマグリットは、なんだかホッとした気分だった。

パーティーが終わり、マグリットはイザックと共に馬車でガノングルフ辺境伯領へと帰る。

戻ったらマイケルとシシーはやはり高齢《こうれい》のため、引退することを決めていた。

その代わりに彼らの孫であるミアとオリバーが一緒に辺境の地に来てくれるそうだ。

暫くは引き継ぎがあるので、すぐに別れが来るわけではないが寂《さび》しく思った。

新たにミアとオリバーが加わったことにより屋敷は賑《にぎ》やかになるだろう。

屋敷も領民たちによって新しく建《た》て替《か》えられていた。


——半年後。


「つ、ついに……できたわっ！」

マグリットは冷暗室に並んでいる壺《つぼ》を取り出した。半年前にイザックと共に造り出した味噌である。

うまくいくように願いを込《こ》めて今日まで面倒《めんどう》を見てきた味噌が、ついに完成したのだ。

外もすっかり寒くなり、冷たい指で壺を持ち上げようとすると後ろから大きな手が伸びる。

「イザックさん……！」

「やっとマグリットの夢が叶うのだな」

「はい、そうなんです！」

イザックはマグリットの代わりに重たい壺を運んでくれた。

マグリットは新しくできた屋敷に作ってもらった専用のキッチンへと向かう。

キッチンにはネファーシャル子爵家にいる時から集めていた調理器具が並ぶ。

蓋《ふた》を開けると薄茶色《うすちゃ》のねっとりとした塊《かたまり》が見えた。しかしイザックには食べ物に見えないのか眉《まゆ》を顰《ひそ》めている。味噌は腐っていないからと訴《うった》えながら準備を進めた。

イザックと共に作った栄養たっぷりの肥料で育てた野菜を取り出し、水で洗い食べやすい大きさに切る。

鍋《なべ》にはたっぷりの水と昆布《こんぶ》に近い海藻《かいそう》が入っている。

シシーの代わりにミアに火を起こしてもらい、適温を保ちながら煮出《にだ》していく。

（いい匂いだわ。次は小魚で出汁《だし》を取ってみましょう！　貝を入れても美味しそうね）

次の味噌汁には何を入れようかと想像が膨《ふく》らむ。

そうしている間にも野菜を入れて出汁を煮たたせていく。火を弱めてからゆっくりと味噌を溶かした。

懐《なつ》かしい匂いが漂《ただよ》ってくるとマグリットは鍋をかき混ぜながら涙が出そうになった。

(やっと、やっと夢が叶うんだ……！)

茶色の液体は艶々に輝いている。懐かしい香りに洟《はな》を啜《すす》った。

十六年間、ずっと待ち望んでいた日本食が目の前にあった。

いい匂いのする味噌汁をテーブルに並べてイザック、ミアとオリバーを集めた。

初めて見る料理に皆が興味津々《しんしん》のようだ。

「こちらがイザックさんのおかげで完成した味噌を使ったスープ、味噌汁です！」

「これがミソシル……マグリットの夢が叶うのだな。どんな味がするのか楽しみだ」

「はい、イザックさんのおかげです！」

マグリットは感謝の気持ちからイザックを抱きしめた。イザックも味噌汁の成功を喜んでくれている。

マグリットは味噌汁が入ったお椀《わん》の前で手を合わせた。

お椀の上には少し歪んでいるが箸《はし》が置かれている。この日のために木を削り箸を手作りしたのだ。

「いただきます……！」

マグリットは震える手のひらでお椀と箸を持つ。

唇をつけて味噌汁を流し込んだ。口いっぱいに広がる出汁の旨みと味噌独特の発酵臭《はっこうしゅう》。ゴロリと入った野菜がじんわりと口内で溶け出していく。

味噌汁をゴクリと飲み込んでから、懐かしい味にホッと息を吐き出した。少し甘みが足りない気はするが、そこは大豆ではないので仕方ないだろう。

マグリットの目からは感動で涙が流れていく。

あまりの美味しさに瞼を閉じてから天を仰《あお》いだ。

「最っ高……ッ！」

マグリットはついに、味噌を使った日本食を食べるという夢を叶えることができた。

そしてこれからも味噌汁を飲める幸せに喜びを感じている。

しかしそれも第一歩を踏み出したに過ぎない。

出来上がった穀物酢は野菜の酢漬《すづ》けや煮物《にもの》、揚《あ》げ物《もの》にも使っていた。

今日は味噌汁と共にカブに似た野菜の甘酢漬《あまずづ》けを食べる。

（次は醤油が出来上がるわ。それまでに絶対にお米を見つけるんだから！）

米を見つけたら絶対に寿司を作るぞと気合いを入れつつも、味噌汁と甘酢漬けを完食。

昼食は野菜にマヨネーズと味噌を合わせた炒《いた》めもので、簡単な味噌料理を振る舞った。

油で炒めた野菜と肉に味噌を入れて味をつける。

オリバーは味噌汁は苦手だが、炒めものは好きだと言ってくれた。

ミアは逆でイザックは両方とも口にあったそうだ。

色々なものに使える味噌にマグリットの喜びは止まらない。

早速《さっそく》、明日の朝は市場に向かい味噌汁に入れる貝や魚を手に入れよう。

(白身魚に味噌を塗《ぬ》ってグリルでこんがりと焼いてみるのはどうかしら……！)

今回は街の市場で買うつもりだ。自ら船に乗せてもらい、漁についていこうとしたがミアやイザックに全力で止められてしまった。

それにもうすぐパーティーもあるから日焼けはしないでほしいと言われてしまう。

少しがっかりしながらも、イザックと共に庭へと向かう。

「干物《ひもの》ももうすぐ出来上がるのだろう？」

「はい！　今日も美味しい魚が食べられそうで満足です」

「なら、よかった。俺も最近、魚を食べないと落ち着かない」

味噌が完成する前、マグリットは干物作りに精を出していた。

うろこを取って、魚を捌《さば》いて内臓を取り出していく。

綺麗に洗って塩水に浸けてから、夕方から朝方にかけて陰干《かげぼ》しにする。

淡白《たんぱく》なものから臭《くさ》みの強い魚まで、味を比べるのにちょうどいい。

なんとなく知った味の魚もあれば、まったく見たこともなく知らない魚もある。

本当は生で食べて試《ため》したいのだが、皆に止められてしまった。というより隠れて生魚を食べて腹痛になり、イザックに止められている。

だがマグリットは諦めきれずに、魚を捌きつつもこっそりと生の味を確かめていた。

そしてまたお腹《なか》を壊《こわ》してしまい数日寝込《ねこ》んだこともあったため、イザックに怒《おこ》られたのは言うまでもない。

そんなことばかりしているせいか、魚料理を作ると言うと心配だからとイザックがついてくるようになった。

「次は何を作るんだ？」

「白身魚が欲《ほ》しいんです！　淡白な味の魚に味噌を塗って、オーブンでこんがりと焼きます！」

「魚にミソ？　マグリットはすごいことを思いつくんだな」

「マヨネーズと合わせて、チーズを足して焼いても……！　悩《なや》ましい」

「ほう……ミソは何にでも合うのだな」

「そうなんです！　青魚で味噌煮も作りたいし、貝の味噌汁はまた違った美味しさになるんですよ。先ほどは野菜を入れましたけど、貝を入れると磯《いそ》の香りが口に広がって何とも言えない味に……！」

「ははっ……！」

イザックの笑い声にマグリットはハッとする。

どうやら興奮しすぎてしまったようだ。恥《は》ずかしくて赤くなった頰を押さえた。

イザックはそんなマグリットの様子を優しく見守ってくれている。

「次にショウユが出来上がった時も、そんな嬉しそうな姿を見ることができるのだな」

「はい！　醤油も味噌と同じように万能《ばんのう》な調味料ですから！」

「そうか」

イザックがマグリットの頭を大きな手のひらで撫でた。

まるで自分のことのように喜んでくれている。

マグリットはイザックの手を摑んでから腕を引き、彼と向き合うようにして見上げた。

「……マグリット？」

イザックの腕を引いて、マグリットは背伸《せの》びをする。そして彼の頰にキスをした。

「………ッ！」

「ありがとうございます、イザックさん！」

マグリットが満面の笑みを浮かべた。

イザックの頰がほんのりと赤く染まった気がしたが確かめずに、彼の手を引いて歩き出す。

「これからもよろしくお願いします」

「こ、こちらこそよろしく」

繫《つな》いでいた手が、いつもよりも熱く感じた。

END

# あとがき

この本を手に取ってくださった皆様《みなさま》、はじめまして、こんにちは！

やきいもほくほくと申します。物語を最後までお読みいただき、ありがとうございます。

『姉の身代わりで嫁《とつ》いだ残りカス令嬢《れいじょう》ですが、幸せすぎる腐敗《ふはい》生活を送ります』は、いかがだったでしょうか？

このお話……実は納豆《なっとう》を食べていた時に思いつきました。ネバネバの納豆をかき混ぜながら思いついたヒーロー、それがイザックであり彼の魔法《まほう》でした！

訳ありヒーローには、明るくてまっすぐな女の子がピッタリだと思い、マグリットが生まれたのです。ちなみにマグリットの魔法は干物《ひもの》を作りたいという思いから………。

最後にここまでお付き合いしてくださった皆様、この本を手に取ってくださった皆様に感謝を申し上げます。

またどこかでお会いしましょう。ありがとうございました！


本書は、二〇二三年にカクヨムで実施された「第九回カクヨムWeb小説コンテスト」で特別賞を受賞した「姉の身代わりで嫁いだはずの残りカス令嬢、幸せすぎる腐敗生活を送ります　～恐ろしい辺境伯は最高のパートナーです～」を加筆修正したものです。

■ご意見、ご感想をお寄せください。
《ファンレターの宛先》
〒102-8177 東京都千代田区富士見2-13-3
株式会社KADOKAWA ビーズログ文庫編集部
やきいもほくほく 先生・鳥飼やすゆき 先生

ビーズログ文庫

●お問い合わせ
https://www.kadokawa.co.jp/（「お問い合わせ」へお進みください）
※内容によっては、お答えできない場合があります。
※サポートは日本国内のみとさせていただきます。
※Japanese text only

# 姉《あね》の身代《みが》わりで嫁《とつ》いだ残《のこ》りカス令嬢《れいじょう》ですが、幸《しあわ》せすぎる腐敗生活《ふはいせいかつ》を送《おく》ります

やきいもほくほく

2025年1月15日 初版発行

発行者　山下直久
発行　株式会社 KADOKAWA
〒102-8177 東京都千代田区富士見 2-13-3
（ナビダイヤル）0570-002-301
デザイン　島田絵里子
印刷所　TOPPANクロレ株式会社
製本所　TOPPANクロレ株式会社



ISBN978-4-04-738245-9 C0193

定価はカバーに表示してあります。
◇◇◇